El Nacimiento

GENE EDWARDS

Publicado por
Editorial EL FARO INC.
3027 N. Clybourn
Chicago, Illinois 60618

Primera edición 1990

© 1990, 1991 por Gene Edwards
Todos los derechos reservados. Ninguna parte de este libro puede ser reproducida excepto en pasajes breves para reseña, ni puede ser guardada en un sistema de recuperación o reproducido por medios mecánicos, fotocopiadora, grabadora o de otras maneras, sin el permiso de su autor.

Publicado en inglés con el título
"The Birth: The chronicles of the door" por
Tyndale House Publishers
Wheaton, Illinois

Traducido al español por: Esteban A. Marosi

ISBN 0-9676626-3-X

Printed in Colombia.
Impreso en Colombia.

*Beberé de aguas más profundas que el manantial,
Y con lo ojos del poeta leeré su libro.
Mas, si desde el punto de vista de Dios a mirar me atrevo,
¡Qué no podré aprender aun de la cosa más trivial!*

CHRISTIAN MAYNELL

PROLOGO

MIGUEL SE PERCATO POR primera vez de que algo muy trascendental estaba a punto de ocurrir, cuando sintió una extraña compulsión de visitar el sitio de la Puerta. Esa no era un área de los lugares celestiales que los ángeles frecuentaban a menudo.

¿Por qué estoy aquí? —musitó como para sí mismo—. *¿Por qué me encuentro parado frente al paso que da al ámbito material?*

Habían pasado varios siglos desde la última vez que la Puerta se había abierto para dar paso a ese ámbito. Desde los días del profeta Malaquías no había habido comunicación entre las dos creaciones.

¿Por qué será —se preguntó el arcángel—, *que desde hace ya tanto tiempo el Dios Altísimo no habla cara a cara con ninguno de los que viven sobre el globo terráqueo?*

En ese momento Miguel experimentó una sensación interna más profunda. Sus ojos resplandecieron. Estaba siendo llamado a presentarse al Trono. Pero había algo más. Miguel supo, gracias a alguna inexplicable intuición, que aquel paso entre el cielo y la tierra se abriría otra vez... ¡y bien pronto!

La voz de nuestro Señor se volverá a escuchar nuevamente en los ámbitos visibles —susurró al volverse hacia el centro mismo de los lugares celestiales.

Aquello que Miguel había percibido primeramente en su corazón como una tranquila sensación, muy pronto se convirtió en una intensa excitación que todos los habitantes del ámbito celestial sentían. Sólo pasarían unos momentos más, y toda la hueste celestial sabría que un acontecimiento de proporciones inmensurables estaba a punto de ocurrir. Fuera lo que fuera ese fenómeno, era bastante evidente que sería el acontecimiento más grandioso que hubiese habido desde la creación misma.

CAPÍTULO UNO

¿SERA QUE EL ENEMIGO HA pedido una audiencia? —se preguntó Miguel, al tiempo que instintivamente llevó la mano a su espada—. *Probablemente no. Este auto de comparecencia al Trono debe tener que ver con la Puerta, así como con alguna próxima visitación a la tierra.*

Al aproximarse Miguel a la sala del trono, su camino lo hizo pasar frente a Registrador, el más antiguo de toda la hueste angélica. Registrador había sido creado un instante antes de todos los demás seres angélicos, de modo que pudiese presenciar y así registrara todos los acontecimientos.

—He sido requerido al Trono, Registrador.

—Sí, lo sé —respondió el antiquísimo ser angélico con un certeza legada tan sólo a éste, el más venerable de todos los ángeles.

—¿Por qué he sido citado? —preguntó Miguel.

—No me ha sido dado saberlo. Pero que algo muy tremendo está a punto de acontecer es ciertísimo.

—¿Sabes qué será esto tan trascendental? —preguntó Miguel.

—Sea lo que sea —respondió Registrador—, solamente sé esto: que cambiará todas las cosas.

Por un breve momento el arcángel consideró la respuesta de Registrador, luego siguió avanzando hacia la sala del Trono, para allí desaparecer en las zonas externas de aquella luz inaccesible. En un momento más Miguel habría de estar en el vórtice de la gloria.

CAPITULO DOS

—MIGUEL, TENGO UNA MISION para ti —la voz de Dios Todopoderoso, tan familiar para el arcángel y sin embargo tan admirable y maravillosa para el oído, produjo un suave estremecimiento en el espíritu de Miguel.

—Esta misión tiene que ver con una oración. Hay una petición que me está siendo ofrecida desde la tierra, una oración de la más elevada importancia posible. Pero el paso de esa oración desde la tierra hasta mi trono ha sido estorbado. Ahora, Miguel, ¿te das cuenta del estorbo?

—Sí, Señor, yo sé que —Miguel estuvo a punto de expresar lo que sabía de ese 'estorbo', pero su Señor continuó:

—Ha pasado mucho tiempo desde la última vez que yo le hablé a alguien allá en el planeta favorecido. Tú sabes que la Puerta no se ha abierto por muchas generaciones.

Miguel movió la cabeza afirmativamente, en tanto que todas las fibras de su ser se atesaron de expectación.

—Por encima de la tierra los cielos se han tornado en bronce. Esto ocurrió solamente una vez antes, como tú bien lo sabes. Fue hace mucho que yo te llamé y te pedí, como lo estoy haciendo ahora, que abrieras una vía a través de ese bronce. En aquella primera ocasión, tú abriste, contra toda probabilidad, una vía desde el cielo hasta la tierra. Pero estáte bien apercibido ahora: esta vez el enemigo te hará resistencia con una furia muchísimo mayor todavía.

El Dios Viviente hizo una pausa y luego habló lentamente:

—El enemigo te hará resistencia... como nunca antes.

Miguel desenvainó su espada; los ojos le relumbraron despidiendo luz y dijo:

—¡Con todo ahínco y expectación espero tu orden, mi Señor!

—¡Entonces, ve, Miguel! Abre una senda desde el cielo hasta la tierra. Permite que esa oración que ahora mismo está siendo ofrecida allá, encuentre su camino hasta mi trono. Gabriel te acompañará. Una vez que esté abierta una vía a través del bronce, Gabriel tendrá que entregar un mensaje a un sacerdote en la ciudad de Jerusalén. Pero hasta el momento en que ya la barrera quede aportillada, Gabriel no hará más que permanecer detrás de ti. A ti solo se te ha dado que abras una vía a la tierra.

—¿Está a punto de ocurrir algo trascendental, Señor? —preguntó Miguel.

—Así es.

—Y las huestes angélicas... ¿puedo informarles?

—Ellos ya lo saben.

—¿Lo saben? Señor, ¿qué es lo que sabemos?

—Que es la *plenitud del tiempo*.

Miguel se irguió hasta alcanzar su plena estatura. *La plenitud del tiempo*...algo de lo cual él había sabido siempre, pero que aún no comprendía. En forma majestuosa Miguel levantó su espada por encima de la cabeza y se acercó a la vera presencia de su Señor, hasta que tanto él como su espada resplandecían como fuego blanco. Por un breve momento la gloria misma de Dios saturó a Miguel.

A continuación, el arcángel retrocedió y dio la vuelta para irse. Hubo un momento de pausa. Entonces una vez más encaró el Trono.

—Los cielos de bronce serán violados —dijo objetivamente. Luego, después de un momento de reflexión, rugió—: ¡Será abierta una vía!

El Señor dio una respuesta sumamente inesperada al grito de Miguel:

—Aportilla el cielo de bronce, Miguel, y aportíllalo bien, porque nunca más será permitido que los cielos de encima de la tierra se tornen en bronce. Nunca más se le permitirá al enemigo que levante un bloqueo entre el cielo y la tierra.

Miguel temblaba de pies a cabeza y, con su espada aún levantada, se volvió y gritó una palabra gozosa:

—"¡Gabriel!"

CAPITULO TRES

*L*OS DOS ARCANGELES LLEGARON a ese misterioso lugar, la sellada y silente Puerta. Allí, las dos criaturas de luz esperaron. Después de un largo momento aquel vetusto portal comenzó a abrirse. Apresuradamente Miguel envainó su espada. Ese era el único lugar en todo el universo donde no se atrevía a exhibir fuerza, porque justamente fuera de la Puerta se hallaban unas criaturas que ni siquiera los arcángeles se atrevían a desafiar.

Miguel fue el primero de los dos en alcanzar a ver a aquellos poderosos querubines. Ambos arcángeles temblaron a la vista de esos guardianes de la Puerta. Desde la Gran Tragedia misma, esos impetuosos seres estaban allí, justo fuera de la Puerta, como protectores de la entrada al ámbito celestial. Y, como si su presencia sola no fuera suficiente, delante de ellos se revolvía una espada de fuego y de ira.

Aquellas criaturas se volvieron para enfrentar a los arcángeles. La velocidad de la espada encendida que se revolvía por todos lados disminuyó y sus llamas se tornaron menos intensas.

Entonces los querubines retrocedieron. Con ello, la Puerta quedó abierta y sin protección. Entonces Miguel avanzó y atravesó el umbral de la Puerta, manteniendo los ojos fijos hacia adelante para evitar siquiera una vislumbre de los rostros de esas criaturas de terror.

Después de pasar más allá de los querubines, los dos arcángeles reconocieron la escena que se extendía delante de ellos. Apenas pudieron llegar a divisar el planeta favorecido. Entonces un leve quejido subió desde lo recóndito del ser de Miguel. Verdaderamente los cielos de encima del planeta verdiazul se habían tornado en bronce.

—Era de esperar —dijo Miguel con un suspiro—. Ha pasado tanto tiempo, y nuestro enemigo no ha estado ocioso. Ha logrado el control absoluto de los cielos de encima de la tierra.

Entonces la Puerta comenzó a avanzar y luego se detuvo sobre la coraza de bronce. Lentamente y con toda intención Miguel desenvainó su poderosa espada y, dando unos pasos, se paró sobre la fría barrera.

—Gabriel, al avanzar yo, y sí que voy a avanzar, tú quédate justo detrás de mi, hasta que veas aparecer lo verde de la tierra. La Puerta nos va a seguir. Cuando yo haya abierto una vía desde nuestro ámbito hasta la tierra, las oraciones del pueblo de Dios subiran una vez más sin impedimento hasta los oídos de El. Y tú, Gabriel, anunciarás una vez más la voluntad de Dios en el planeta favorecido.

—Date prisa, Miguel —respondió Gabriel—, porque hay una oración por sobre todas las demás, que *debe* pasar.

Miguel avanzó más sobre la coraza de bronce que estaba debajo de sus pies, y con toda deliberación exclamó:

—¡Escúchame, que soy Miguel! ¡Tú, maldito y condenado enemigo...ven! ¡Enfréntate en batalla!

Por un momento permaneció inmóvil, teniendo agarrada su espada con ambas manos. Entonces, lentamente levantó su espada por encima de la cabeza y la descargó, con la fuerza de un aríete, hundiendo la hoja profundamente en el bronce.

De nuevo alzó la empuñadura de la espada, y una vez más hundió su extremidad en la coraza endurecida.

Bajo los golpes de las poderosas arremetidas de Miguel, la barrera se rasgó. Brotó luz a través de las tinieblas. Desde alguna parte de allá abajo, el sonido de gritos rasgó el aire.

¡La criatura angelical que llevaba el nombre de Miguel, acababa de declarar la guerra de un solo ángel a todas las potencias de las tinieblas!

CAPITULO CUATRO

UNA Y OTRA VEZ LA ESPADA traspasaba el bronce. El negro vacío se inundaba de luz. Se podía ver a criaturas de las tinieblas que, allá abajo, formaban un frente de defensa, pero no antes de que Miguel abriese un amplio boquete en la coraza de su imperio.

Entonces Miguel penetró denodadamente en aquel ámbito que el enemigo reclamaba como suyo. Desde las entrañas de las tinieblas surgían estridentes alaridos de ira y gritos de temor, pero la espada de Miguel siguió tajando y rasgando, al tiempo que las fuerzas del enemigo retrocedían en confusión frente a la implacable arremetida del arcángel.

La Puerta seguía diligentemente el avance de Miguel. La barrera que había entre la tierra y los lugares celestiales estaba desmoronándose ante su poderosa acometida. Inextinguibles rayos de luz penetraban a raudales en la negrura.

De repente una voz estentórea surgió desde la más recóndita profundidad de aquel reino de tinieblas:

—¡¡Necios!! ¿Cómo se atreven a retroceder? ¡No hay potestad que iguale a la mía! Nadie, ningún ser creado se atreve a asaltar mi reino. Ninguno puede conquistar aquí. ¿Quién es el necio que se ha atrevido a entrar en *mi ámbito?*

Era la enfurecida voz del capitán de los condenados, la voz que Miguel tanto deseaba oír. Entonces, echando bien hacia atrás la espada por la derecha de su hombro, Miguel la blandió, y con gran violencia la hundió en la cubierta de tinieblas.

Ahora los dos arcángeles quedaron frente a frente.

—¿Tú? ¡Miguel! ¡Cómo te atreves! ¿qué insania arrogante te trae acá? ¿No me conoces? —gritó con voz estridente, levantando los puños cerrados por encima de la cabeza—. ¡Soy el ángel de luz! ¡En todo sentido soy tu superior!

—No —respondió Miguel con severidad—. Maldito y condenado Lucifer, padre de toda mentira, traidor de la hueste angélica, falsificador de la verdad y elegido para la condenación eterna, tú eres en todo sentido mi igual, y en manera alguna eres mi superior. Apártate, enemigo maldito, porque estoy en una misión de parte del más Santo de todos.

La mirada de Lucifer danzó más allá de Miguel.

—¡Oh, no! —gritó el arcángel caído—. ¡La Puerta, no! ¡No aquí! ¡No en mi reino! Tú, Miguel, con tu maldito poder, y tú, Gabriel, con tus detestables anuncios...nunca, no nunca pasarán ustedes más allá de este punto. —Relumbrando de tenebrosa ira, Lucifer procuró, con desatino, agarrar su espada.

Al verlo reaccionar así, Miguel supo que su estrategia estaba funcionando.

Tú, engendro del infierno,
tú, abolengo del pecado,
tú, sólo amigo del perverso
Azazel.
Apártate ahora, orgullo
encarnado.
Un día,
fuera del tiempo y de la
eternidad,
fue la porción que me cupo

EL NACIMIENTO

a mí,
echarte dentro de ese lugar
al cual tú
correspondes.
¡Yo, Miguel,
te arrojaré en el humeante,
flameante,
ardiente
abismo!
¡Ahora, saca tu espada; o, entérate muy bien,
de que
ahora mismo te enviaré al eterno
infierno!

Exactamente como Miguel había esperado, Lucifer estalló en una ciega ira, al tiempo que procuraba agarrar precipitadamente su espada.

—¡Apártate, engendro del infierno! —gritó Miguel.

En ese instante todos los sonidos imperantes capitularon al silencio. Todos los ojos se dispusieron a contemplar a esos dos poderosos arcángeles que estaban a punto de trabarse en un despiadado combate sin tregua.

La brillantez del esplendor de ambos arcángeles aumentó. La luz del esplendor de Miguel emitía resplandecientes rayos de pureza emblanquecido; la vestidura de Lucifer despedía un fulgor sin igual, con destellos de tono azul.

Ambos seres angelicales levantaron su espada, echándola bien atrás, hasta el límite mismo de su alcance; luego giraron dando una vuelta completa: Miguel hacia la derecha, Lucifer hacia la izquierda. Y cuando sus poderosas espadas chocaron de lleno, con toda la tremenda fuerza otorgada a esas dos criaturas celestiales, un sonido de mil truenos retumbó a todo lo largo y ancho de ambos ámbitos.

La luz y las tinieblas llegaron allí al pináculo de su propósito... cada cual destruir al otro.

CAPITULO CINCO

*L*OS DOS ARCANGELES SE acometían y paraban el golpe; luego, girando en redondo, chocaban nuevamente sus espadas una contra la otra. Vez tras vez sus armas resonaban como campanas discordantes, al tiempo que un sonsonete de tenebrosos alaridos ascendía y descendía en un coro demoníaco.

Poco a poco el ángel de luz retrocedía bajo los devastadores golpes de Miguel. Sin dar tregua, Miguel apremiaba la batalla, y al hacerlo, la Puerta avanzaba con él. Gabriel, que permanecía silencioso y quieto, estaba parado sobre el umbral de la Puerta y esperaba.

Por último, Miguel llegó a rechazar a unificar hasta el borde mismo de su tenebroso dominio. Allá al otro lado estaba la tierra. La victoria parecía segura. El cielo y la tierra entrarían en contacto una vez más, y se volvería a conocer la correspondencia entre los dos ámbitos.

Entonces Lucifer se detuvo. Sus ojos fulguraban en blanco y azul, y toda su vestidura emitía una luz deslumbrante. Alzando su espada con perversa alegría, declaró algo que era lo último que Miguel deseaba oír, pero que ciertamente no podía negar.

—Hasta aquí es hasta donde puedes ir, Miguel, porque aquí te encuentras en *mi* reino. Tú no tienes ninguna autoridad ni potestad para echarme fuera. Por decreto, los cielos que rodean al planeta tierra son míos. Has venido hasta aquí, pero de ninguna manera irás más lejos.

Miguel sabía que lo que el arcángel caído había dicho, era de verdad cierto. Por un momento luchó dentro de sí mismo procurando descubrir cuál había de ser su siguiente paso.

Tengo una misión que cumplir —se dijo a sí mismo—. El Dios Altísimo me ha enviado en calidad de agente a la tierra. Tengo que pasar más allá de este punto.

Entonces, súbitamente, dentro de su espíritu le vino la respuesta al recordar una palabra que le había dicho a Lucifer en edades remotísimas.

Gabriel quedó pasmado al ver que Miguel no solamente bajaba su espada en presencia de su archienemigo, sino que incluso envainaba su arma. Gabriel no podía dar crédito a sus ojos. ¿Era aquello una derrota? ¡No faltaba más! ¡Ciertamente que Miguel no se había dado por vencido! El no era de aquellos que se rinden. Entonces Gabriel observó, inmóvil, cómo Miguel se erguía hasta alcanzar su plena estatura, mientras su vestidura resplandecía con un fulgor blanco puro. Iluminado por una ira líquida, Miguel dio un paso adelante, quedando bien al alcance de la espada de Lucifer, y entonces tronó su respuesta:

—Por una vez has dicho lo que es verdad. No tengo autoridad para echarte de este dominio, porque el Dios Altísimo te lo dio cuando fuiste echado fuera del ámbito espiritual hace mucho. Por tanto, no puedo ordenarte de esa manera. Ni tampoco te puedo reprender. Pero hay Uno que sí puede.

—En el nombre del Dios Viviente, eres reprendido Lucifer. ¡Quítate de mi camino! ¡Apártate y vete! En el nombre de mi Señor y tuyo, eres reprendido.

De la garganta de Lucifer brotó un alarido que habría helado el infierno mismo. Su luz relumbró en blanco, luego en azul, y después destelló pasando a un negro flameante. El coro de gemidos demoníacos se calmó.

Lucifer desapareció junto con esos gemidos.

Entonces Miguel desenvainó una vez más su espada y asestó un último golpe contra la coraza de bronce. La coraza se derrumbó. Así, Miguel acabó de destruir las tinieblas. Allá lejos apareció el azul y verde del planeta tierra.

De repente, la Puerta avanzó, y vino a parar dentro de una habitación parcamente amueblada. Desde algún lado entre las sombras se podía escuchar una oración. Era la voz de una mujer que clamaba. Conforme oraba, su oración pasaba por la Puerta y, por fin, ascendía sin impedimento hasta el mismísimo trono de Dios.

—Señor, quita mi afrenta. Aun cuando para mí ya han pasado los años de fertilidad de la matriz, escucha mi oración. Dame un hijo. Un hijo varón. Dámelo, Jehová, y yo te lo devolveré para tus propósitos...para el cumplimiento de tu voluntad sobre la tierra.

Gabriel entró a la habitación y por un momento permaneció al lado de la mujer canosa que estaba arrodillada junto a su cama.

Tú no lo sabes —dijo Gabriel dentro de sí—, *tú no lo sabes... pero tus oraciones ya han sido escuchadas, y tu afrenta ha sido quitada. Darás a luz un hijo. Pero hay algo más. En este mismo día se han puesto en movimiento cosas que alterarán todas las edades por venir.*

CAPITULO SEIS

*E*STABA A PUNTO DE OFRECERSE la ofrenda más santa del día: el incienso. Ese era un tiempo de gran importancia para los sacerdotes, cuando echaban suertes para escoger quién había de entrar solo en el Lugar Santo y efectuar la ofrenda santa. Aquellos que nunca habían hecho esa ofrenda, esperaban con expectación.

Hoy la suerte cayó en el sacerdote de mayor edad presente, un hombre llamado Zacarías. Cuando se anunció su nombre, uno de los otros sacerdotes se arrodilló junto a él y le ató una cuerda alrededor del tobillo. Si acaso Zacarías llegase a ver el rostro de Dios mientras estuviese en el Lugar Santo, ciertamente moriría. Entonces la cuerda serviría para recuperar su cuerpo.

Zacarías se paró frente a la entrada al santuario, aterrado y expectante. Entonces entró lentamente al Lugar Santo, contempló ese misterioso recinto, y empezó a efectuar los antiquísimos rituales de su antiquísima fe.

Zacarías no sabía que, al comenzar a desempeñar sus funciones sacerdotales, estando todavía fuera del santuario, la Puerta que había entre los dos ámbitos se encontraba en su propia casa, donde a esa hora su esposa Elisabet estaba orando. Tampoco sabía que, al entrar él al Lugar Santo, la Puerta se había desplazado y había venido a estar dentro de esa parte del santuario en que él se hallaba ahora.

Saliendo del otro ámbito, Gabriel entró en el recinto sagrado. Zacarías, consciente de que alguien estaba detrás de él, se volvió para ver quién era el osado sacerdote que se había atrevido a seguirlo cuando él entró en el Lugar Santo.

Pero Zacarías no vio a ningún sacerdote. Lo que vio fue el más increíble ser que ojos humanos pudieran atreverse a contemplar. Delante de él, parado a la derecha del altar del incienso, se hallaba un resplandeciente ser del otro ámbito.

—¿Quién...eres...tú? —preguntó Zacarías aterrado.

Pero de la boca del ángel salieron palabras tan tranquilizadoras como Zacarías jamás había escuchado.

No temas. He venido aquí para decirte que tus oraciones por la liberación de Israel han sido oídas. Tu esposa Elisabet dará a luz un hijo. Cuando el niño nazca, lo llamarás Juan. Y el día de su nacimiento tendrás gozo y grande alegría.

Habrá muchos que se regocijarán por el nacimiento de tu hijo, porque él habrá de ser grande a los ojos de tu Señor. No beberá vino ni ninguna otra bebida fuerte, y será lleno del Espíritu Santo estando aun en la matriz de su madre.

Además, muchos de los hijos de Israel se convertirán a Dios el Señor por causa de él, y será este tu hijo el que irá delante del Señor. Irá en el espíritu y el poder de Elías. Hará volver el corazón de los padres a los hijos. A los desobedientes hará tornarse a la prudencia de la justicia. Será tarea de tu hijo preparar un pueblo para el Señor cuando él venga.

Zacarías, aturdido por la presencia del resplandeciente ángel, empezó a mover la cabeza con incredulidad.

—¡No, no! Eso no es posible —dijo temblando—. ¡No, esto no puede ser. ¿Cómo puedo saber que esto es verdad? Mírame. Ves que yo ya soy viejo. Y mi esposa ya está más allá de la edad de tener hijos.

Gabriel no estaba acostumbrado a vivir en un ámbito en que se dudaba también de las cosas que eran ciertas. Dio un paso hacia Zacarías y echándole una mirada deslumbrante le dijo:

> *Yo soy el ángel de Dios. Soy el mensajero de la voluntad del Dios Altísimo. Yo soy Gabriel, que estoy en la presencia misma del Señor. Es mi Dios, el Dios Todopoderoso, quien me ha enviado aquí a hablarte. Te he traído buenas nuevas y tú no has creído. ¡Por tanto, quedarás mudo! No volverás a hablar otra palabra hasta el día en que estas cosas acontezcan. No creiste a mis palabras, pero a su tiempo mis palabras se cumplirán.*

Entonces Gabriel desapareció.

¿A dónde se ha ido? —pensó Zacarías maravillado—. *¿Cómo pudo simplemente desaparecer?*

En su confusión, este mismo sacerdote estuvo a punto de requerir que el arcángel regresara, tan solo para descubrir que había perdido la voz. Horrorizado, Zacarías se asió la garganta con una mano y con la otra manoteó el aire. A continuación empezó a golpear la pared revestida de oro como tratando de hallar el pasaje secreto por donde el ángel se hubiese ido en forma tan repentina. Pero sus esfuerzos fueron fútiles, siendo así que la criatura celestial a quien tan desesperadamente buscaba, ya se encontraba a un universo de distancia.

Finalmente, Zacarías salió corriendo muy poco ceremoniosamente del Lugar Santo al atrio, al tiempo que señalaba su garganta con ambas manos. Al ver que nadie lo comprendía, señaló sus ojos, gesticulando frenéticamente, tratando de describir con las manos la luminosa criatura que él acababa de ver. En fin, no hacía más que servir de espectáculo delante de la gente que lo había estado esperando. Su gesticulación era bien confusa, pero su mensaje resultaba obvio. Seguramente Zacarías había visto alguna clase de visión en el santuario y había quedado mudo a la vista de la misma.

CAPITULO SIETE

*E*STA ERA LA PRIMERA VEZ EN toda la memoria angélica, que el Dios Altísimo venía al pasaje que estaba entre los dos mundos. Sólo Gabriel lo acompañaba.

—Ha llegado la plenitud del tiempo —dijo Dios el Señor—. Lo que estás a punto de hacer no es nada menos que empezar a revelar *el Misterio*. Mi Eterno Propósito, el Propósito por el cual yo creé los mundos, está a punto de darse a conocer. Puedes estar seguro de esto, Gabriel: Ninguna mente ha concebido jamás, y ni siquiera ha soñado, lo que es este Propósito.

Hay muy pocas cosas que un ángel tema, y ciertamente menos cosas aun que puedan enervar a un arcángel. Pero Gabriel se estremeció hasta lo más profundo de su ser al saber que él sería *el* primero en anunciar esas nuevas.

Cuando terminó esa conversación, Gabriel se inclinó profundamente ante su Dios. Al dar la vuelta para encarar la Puerta, el ángel temblaba al comprender dónde se abriría la misma.

Gabriel titubeó momentáneamente. Entonces, casi en un desconcierto angélico, habló otra vez:

—En varias ocasiones... bueno, para decir lo menos... *sorprendiste* a las huestes angélicas. Aquel día en Egipto, cuando retaste a Azel, el ángel de la muerte; cuando nos revelaste que en algún día futuro desconocido ¡tú serías...herido!

—Luego, ahí están esos rumores que ha habido entre nosotros casi desde el día de nuestra creación. Con frecuencia nos hemos preguntado: "¿Por qué Dios habrá creado? ¿Cuál será su Propósito final?" Mi Señor, a menudo hemos deseado conocer y saber lo que respecta a tu Propósito. Pero nunca antes ninguna criatura, ni siquiera Registrador, ha escuchado jamás las palabras: "mi Propósito *eterno*." ¿Un Propósito *eterno*, Señor? ¿Eterno? Luego ¿es un Propósito que llega mucho más allá incluso de la salvación de la raza humana? ¿Un Propósito, *antes* de la Caída; un Propósito, *antes* de la creación; un Propósito que continuará en la eternidad, aún después que la redención misma sea completa? ¿Podemos atrevernos a inquirir en cuanto a ese Propósito?

—Un poco más adelante, Gabriel; entonces sabrás. Sí, un poco más adelante...y toda la hueste celestial sabrá.

Entonces, Gabriel se dirigió hacia el cumplimiento de su tarea. Al pasar por el umbral de la Puerta ahora abierta, oyó la voz de una muchacha. quienquiera que fuese, estaba cantando.

CAPITULO OCHO

ERA UN ADOLESCENTE. Y era hermosa. Y, asimismo, estaba enamorada. Hacía sólo unos días que se había comprometido con un joven a quien amaba entrañablemente.

Años atrás, durante la temprana infancia de esta doncella, sus padres se habían mudado de Judea, su tierra natal, a Galilea, donde se establecieron. Su prometido, carpintero de oficio, hacía poco que había venido de Belén, una población también de Judea, a Nazaret, para abrir un taller de carpintería.

Estos dos jóvenes, por nombre María y José, se conocieron en uno de los festivales locales y se enamoraron. Poco después, José fue a ver a sus padres así como a los de ella, para pedirles permiso para casarse. Las dos familias decidieron autorizar el casamiento, pero la fecha que decidieron para la celebración de la boda distaba casi un año. Convinieron en que José era pobre; su negocio de carpintería estaba apenas empezando. Por lo mismo, el sentido común imponía que los dos esperasen al menos un año antes de casarse.

Ahora bien, estaba determinado así, que en ese día común y corriente un arcángel visitara a esta joven doncella.

—María —vino una voz de detrás de ella.

Como nunca había escuchado una voz tan imponente, María se volvió de inmediato. Lo que ella vio, la hizo caer de rodillas. No cabía duda en su mente de que la criatura que estaba frente a ella, pertenecía a la ciudadanía del otro ámbito.

María no podía imaginar qué habría de esperar de los labios de aquel extraño ser. ¿Alguna orden terrible? ¿Alguna represión tremenda? ¿Alguna profecía de juicio? ¿Quizás la heriría con alguna horrible enfermedad? Pero las palabras de aquella imponente criatura no podrían contener una sorpresa más pasmosa:

María, eres una joven muy bienaventurada. El Señor mismo está contigo.

Los ojos de María saltaron súbitamente al tratar ella de entender qué podían significar aquellas palabras.

No temas. Entre todas las mujeres que han habitado sobre esta tierra desde Eva, tú eres la más favorecida. Vas a concebir un hijo en tu vientre. Darás a luz un Hijo. Su nombre será Jesús. El será grande y será llamado Hijo del Dios Altísimo.

El Señor Dios mismo le dará a tu Hijo el trono de David su antepasado. Y reinará por siempre jamás. El reino de tu Hijo no tendrá fin.

—Yo...yo...—balbuceo María—. ¡Es que no comprendo! ¡Yo soy virgen! Nunca he tocado a ningún hombre ni ningún hombre me ha tocado a mí nunca. Y mi prometido... pasará bastante tiempo antes de que nos casemos.

Un largo silencio siguió a las palabras de María, y a ella no le gustó eso. Por lo tanto, se aventuró a levantar la cabeza y alzó los ojos para mirar a esa criatura de aspecto tan temible que estaba delante de ella. Para sorpresa suya, lo que vio en el semblante de él era bondad y benevolencia. Pero además, él mismo parecía algo aterrado. Por un fugaz momento, ella tuvo la sensación de que el ángel la contemplaba tan maravillado, como ella lo miraba a él.

Viendo la benevolencia reflejada en el semblante de ese ser sobrenatural, María empezó a sentir que una profunda sensación de aliento le llenaba el corazón. Echando mano de ese ánimo, se atrevió a ponerse en pie y mirar directamente a los ojos al arcángel. Así, esperó.

Por último, Gabriel habló:

No será un hombre; sino que será el Espíritu Santo. El vendrá sobre ti. El poder del Dios Altísimo te cubrirá con su sombra. Aquello que en ti será concebido, el Santo Ser que nacerá de ti, será llamado Hijo de Dios. He aquí que tu prima Elisabet, aun cuando ella es anciana y ha pasado de la edad de maternidad, no obstante, ha concebido un hijo. Elisabet, que era estéril, está ahora en su sexto mes de estar encinta.

María quedó con los ojos muy abiertos. Lo que acababa de oír respecto de sí misma, estaba más allá de toda comprensión, pero escuchar que Elisabet también estaba en estado de dar a luz un hijo, parecía todavía más asombroso.

Entonces Gabriel dio la vuelta para irse, como hacen los ángeles cuando han cumplido su tarea. Pero en esta ocasión, hizo una pausa momentánea para reverenciar una vez más a la joven mujer para introducir al Dios Omnipotente en el ámbito de la humanidad.

Una *mera mujer*, —musitó, como incrédulo—. ¡Un *ser humano!*

Entonces dijo en alta voz:

—Parece que no hay absolutamente nada imposible para nuestro Dios.

Al retroceder hacia la Puerta, Gabriel se detuvo bruscamente al ver que María avanzaba denodadamente hacia él. Gabriel no podía recordar haber visto nunca tal demostración de denuedo en un ser humano en presencia de un ángel. Además, esta vez era María la que tenía una declaración que hacer. Y ella habló con tal pasión, que, por un instante, Gabriel quedó desconcertado.

—Heme aquí, la sierva de mi Señor. Recibo las palabras que has hablado. Hágase en mí lo que tú has dicho.

En medio del resplandor de aquella presencia angélica, María creyó haber visto como una suave sonrisa que recorrió el rostro de Gabriel.

Tras ese encuentro mutuamente sin precedentes, Gabriel pasó de regreso el umbral de la Puerta. Al hacerlo, susurró como para sí mismo:

Verdaderamente nuestro Dios ha escogido bien.

CAPITULO NUEVE

UNICAMENTE LOS QUERUBINES vieron al Dios viviente pasar por la Puerta y entrar en el ámbito visible, y allí recorrer libremente los corredores del tiempo.

El Señor levantó la mano, y de inmediato apareció el pasado remoto. El Señor entró en el huerto del Edén.

La belleza del huerto era verdaderamente impresionante. Por algunos momentos deambuló por sus verdes praderas, absorbiendo sus maravillas florales. Respiró la pureza del aire de aquella era pretérita, como había sido antes que el planeta cayese. Por último, se detuvo y le habló al huerto:

—Una vez la gloria de la tierra y la gloria de los cielos se encontraban y se juntaban aquí. Lo mejor de ambos ámbitos entraba en contacto, y tú, huerto, eras el lugar de reunión. Era aquí, huerto primitivo, que los ángeles jugaban juntos, y todas las alegrías de la tierra y del cielo eran *uno*. Luego vino ese día trágico. Como consecuencia, fue necesario que yo separara de la tierra los lugares celestiales. El hombre fue echado de ti, y los ángeles volvieron a su propio ámbito. Tú, huerto, desapareciste totalmente de la vista.

—¡Pero mi propósito no quedó frustrado! Aún juntaré la más elevada gloria del cielo con la más elevada que la tierra puede deparar. ¡Y lo voy a hacer así en la hora que viene! Pero *esta* vez no serás tú, un huerto, lo que habrá de reunir las dos realidades en *uno*. Yo *seré* la unión. Yo, la Luz del cielo, vendré a ser *hombre*. Yo, un hombre de la tierra, y Yo, el Dios del cielo...Yo *mismo* seré la reunión de lo más elevado de dos ámbitos. Yo mismo seré la unidad.

El Dios viviente levantó la mano otra vez, y otra escena más del pasado remoto apareció. Ahora el Señor se hallaba frente a un pequeño montículo... una escultura de barro. El barro empezó a estremecerse. El polvo estaba tornándose en un ser viviente. ¡De hecho, la arcilla estaba pasando a ser un hombre!

El Señor observó cómo la resplandeciente escultura temblaba en su transformación de humus a humano, de tierra a alma viviente. Entonces el Señor se arrodilló junto a la criatura desnuda y habló diciendo:

—Hombre, *una vez*, hace muchísimo tiempo, tú eras la unión de dos ámbitos. Yo te formé de los elementos mismos del suelo de este planeta, pero luego te di un espíritu, que provino de los lugares celestiales mismos. Eras, por tanto, una criatura compuesta de elementos procedentes de ambos ámbitos. Las dos creaciones se juntaron dentro de tu seno. El *hombre* hizo de los dos ámbitos... uno.

—Pero, ¡ay! criatura perfecta, aquella unión no se sostuvo, porque nunca te fue añadido el último ingrediente que necesitabas tú, el elemento más elevado de los lugares celestiales: mi vida en ti. Tú escogiste no participar de mi vida. ¡Qué trágico fue que rehusaras tomar mi vida dentro de ti. El resultado directo fue una tragedia de una magnitud igual. Caíste. Caíste tan espantosamente. Pero esa Caída tuya *no* frustró mi Propósito, ni Propósito eterno.

—La plenitud del tiempo está aquí. *Ahora*. Pero hoy no será el hombre quien case las dos creaciones en uno. En *esta* ocasión será Dios. Sí, las dos creaciones se juntarán de nuevo, esta vez no en un huerto, ni tampoco en un hombre; esta vez las dos creaciones serán unidas en Dios. Lo más elevado de todas las cosas pertenecientes a los lugares celestiales y lo más elevado de los altos logros del hombre llegarán a ser *uno*... en mí.

El Señor se puso en pie y levantó la mano. La escena cambió una vez más. Lo que emergió no era algo del pasado remoto, sino del presente de entonces. El sitio era el de una caravana acampada para pasar la noche. La hora era bastante avanzada. Todos se habían acostado ya, menos un nómada del desierto y un rabino muy acorralado, que había cometido el error de empeñar a ese beduino errante en una discusión religiosa.

—¿Cómo puedes no creer en Dios? —exclamó el rabino—. Mira todo lo que hay a tu alrededor.

—Yo no he dicho que no creo en Dios, sino sólo que no hay evidencia de El. Te digo, si El existe, no se empeña en dejarnos saberlo. Y hay menos evidencia aun de que se ocupa de nosotros.

—Pero las Escrituras dicen... —farfulló el rabino.

—¡Las Escrituras! Olvídate de lo que está escrito. Si hay un Dios, entonces que descienda aquí donde estamos nosotros. Que viva en este sucio lugar en que vivimos. Sí, que huela el hedor, que sienta la pobreza, que conozca lo que es el dolor, que vea el hambre... que *sienta* el hambre. Que sepa lo que es ganarse la vida en una miserable pobreza. Que vea morir a un amigo. Sí, que sienta la triste agonía de una pérdida, lo injusto de la muerte. Que conozca qué es ver morir a una criaturita y verla cuando la toman de los brazos de su madre para sepultarla. Que vea nuestras enfermedades los pies torcidos, las cuencas vacías de unos ojos ciegos. ¡Que este Dios de ustedes sea aborrecido, escarnecido, engañado, robado! que pierda a manos de los malvados todo lo que posee. Que sea arrastrado ante un tribunal, como lo fuí yo. ¡Que descubra personalmente cuán injusta es en realidad la justicia!

La vehemencia del beduino aumentó al continuar:

—¡Y el pecado! El se interesa tanto en si yo peco o no... que sienta *mi* tentación. Y que experimente *mi* debilidad. Veamos luego como él se siente con respecto a todas esas reglas y mandamientos que *me* impuso... reglas que no puedo cumplir, pero sin embargo, si no vivo de conformidad con ellas —refunfuñó el beduino—, ¡ya más nunca seré de su agrado!

—¡Sí, que sienta lo que yo siento, aquí en este mi miserable cuerpo doliente, que se va deteriorando! Y luego *¡que muera!* Sí, que muera como probablemente moriré yo, como la mayoría de los nómadas muere, aquí afuera, solo. ¡Sin hogar, desamparado, abandonado, olvidado! Por eso, si él quiere impresionarme, que venga a ser como yo. Quizás entonces creeré en tu Dios... ¡pero no hasta tanto!

Aun cuando el beduino no lo pudo oír, no obstante le fue dada una respuesta sumamente pasmosa:

—Beduino —dijo el Señor—, eres más sabio de lo que crees. Sí, mucho *más* sabio de lo que crees.

El Señor estuvo a punto de entrar de vuelta al corredor del tiempo, pero, en cambio, se detuvo y se dirigió una vez más al errante del desierto:

—Y, beduino, nos encontraremos de nuevo, en una alta colina. Y juntos vamos a morir. —Hizo otra pausa—. ¡Y juntos nos levantaremos!

—Ahora tengo que irme, porque ha llegado el momento de hacerme uno con mi creación.

El Señor levantó la mano una vez más. Esta vez se elevó desde el planeta y ascendió muy por encima de las nubes. Se detuvo por un momento a medio camino entre los dos ámbitos y miró la creación caída.

—¡Enemigo mío! ¡Pecado! ¡Muerte! —exclamó—. ¡Has tenido ya tu corto tiempo! En breve aquellos a quienes yo redimiré llegarán a ser uno conmigo. Tus débiles esfuerzos para impedir mi Propósito Terminarán: La razón fundamental de mi creación, reunir a mis escogidos y hacer que sean uno conmigo, *nunca* ha estado comprometida.

—Pronto vendré por todos aquellos que he escogido...de una manera que dejará pasmados incluso a los ángeles. Muy pronto comenzaré a tender un puente sobre el abismo que nos mantiene tan separados.

—Divinidad y humanidad... uno... en mí. Andaré en la tierra. Viviré en mi creación. Me haré visible, para que *todos* me vean. Nada de todo lo que ahora vive, o que haya vivido jamás, ha visto lo que está a punto de ser: Uno que es enteramente hombre y enteramente divino.

A continuación, el Señor hizo un llamamiento que llegó de un lado al otro del universo:

—¡Ven, tiempo; ven, eternidad; ven, ámbito espiritual; ven, ámbito material; pierdan todos su separación y reúnanse en mí! ¡Y ahora, más allá de todo concepto humano y del más fantástico sueño de ángeles, *ahora,* a mi Propósito eterno!

Al pasar de regreso por la Puerta abierta, el Dios Altísimo gritó una palabra:

—"¡Registrador!"

CAPITULO DIEZ

*L*A MULTITUD ANGELICA ENTERA se reunió, y pululaban en un vasto círculo alrededor del más antiguo de los ángeles. El aire estaba cargado de expectación. Cualquier cosa que fuera lo que Registrador tenía precedente. El solo hecho de que fuera Registrador y no Gabriel el que haría ese anuncio, era único en su género.

—Lo que tengo que anunciarles a ustedes es algo que no entiendo perfectamente —comenzó Registrador—. Y lo que escuchen, ustedes tampoco lo van a entender completamente. Ninguno de nosotros sabrá nunca plenamente qué es lo que está aconteciendo en este momento. Pero puedo decirles esto: la Creación ha entrado a una nueva era. El *Propósito* mismo por el cual el Dios viviente creó estos dos ámbitos nuestros, se está revelando ahora. Esta hora marcará para siempre el momento en que nuestro Señor empezó a revelar el *Misterio*.

El término Propósito pasó inadvertido para los ángeles, pero cuando Registrador pronunció la palabra *Misterio*, al instante un jadeo de asombro recorrió a toda la multitud angélica. Desde casi el momento de su creación, entre los ciudadanos celestiales se susurraban rumores de algún misterio no revelado.

—Y de qué es lo que estamos a punto de ver —prosiguió Registrador—, no estoy seguro. Pero voy a compartir con ustedes, lo mejor que puedo, lo que el Dios viviente ha compartido conmigo. Es del todo increíble...el eterno Hijo de Dios, la propia vida y esencia del Padre, la recóndita porción misma de su ser, está a punto de...

Registrador hizo una pausa. Es que, ¿había...parpadeado la luz de los cielos? Sí; por un breve momento algo concerniente a la luz celestial había variado.

Hubo un largo silencio. Luego Registrador volvió a hablar:

—En forma instantánea va a tener lugar el más grande acontecimiento de que se tenga conocimiento en toda la historia de la creación.

Entonces sucedió otra vez: una alteración casi imperceptible de la luz que iluminaba al cielo.

Uno de los ángeles se volvió en dirección del trono de Dios. Lo que vio, era simplemente inefable. En un momento los ojos de todos en aquella hueste angélica se habían vuelto hacia la misma dirección.

El Trono y la Puerta se habían juntado, como nunca antes lo había hecho. Y, al propio tiempo, la mismísima luz de la vida de Dios se estaba incluyendo a sí misma con gran rapidez dentro de un área sumamente brillante pero muy pequeña, justamente al frente de la Puerta.

Los ángeles observaban asombrados cómo la minúscula luz se hacía más intensa. Tan brillante llegó a ser aquella concentración de luz, que los ángeles, que pueden mirar incluso el rostro mismo de Dios, ahora quedaron deslumbrados.

Es como si toda la luz del ámbito espiritual estuviese concentrándose en un único lugar *infinitesimal,* —pensó Miguel, al levantar la mano para protegerse los ojos.

Ahora la Puerta que estaba entre los dos ámbitos se abrió de nuevo. Los querubines, cuyo rostro les había producido temor aun a los arcángeles, ahora estaban traspasados de terror.

Toda la hueste angélica, todavía deslumbrada por esa luz infinitamente brillante, se movió intuitivamente hacia la Puerta. ¿Pudiera ser que quizás algo de la mismísima esencia y totalidad de Dios estaba a punto de pasar al otro ámbito?

En medio de ese momento incomprensible, la voz de Registrador resonó otra vez:

—Muchos de nosotros hemos pasado por esa puerta que une a nuestros dos ámbitos. Como ustedes recuerdan, hace mucho tiempo la Puerta se encontraba siempre abierta. Los dos ámbitos se unían...en un lugar llamado Edén. Pero después de la Gran Tragedia la Puerta se cerró.

—En ocasiones poco frecuentes la Puerta se ha abierto por orden de nuestro Dios. Varias veces el Señor pasó por esa Puerta para visitar a Abrahám. Una vez la Puerta se abrió para que Moisés y los setenta ancianos entraran a nuestro ámbito. Igualmente una vez para Isaías, quien se paró en esa Puerta misma y contempló el lugar de nuestra morada. Pero siempre la Puerta se volvía a cerrar de nuevo: Recientemente Miguel y Gabriel hicieron posible un tránsito sin estorbos desde este ámbito hasta el mundo de los hombres. La Puerta se abrió en Judea en casa de Elisabet, y otra vez en esa réplica del Lugar Santísimo allá en Jerusalén, donde Gabriel habló cara a cara con Zacarías. Pero nunca antes ha ocurrido nada como esto.

—¡Hoy, la Puerta se abre dentro de la matriz de una mujer!

En ese preciso instante aquella deslumbradora concentración de luz se precipitó por la Puerta abierta, pasando al ámbito visible.

Los ángeles, estupefactos, totalmente sin comprender lo que acababa de suceder, se volvieron para mirar a Registrador, preguntándose qué era aquello que Gabriel y Miguel habían hecho posible mediante su reciente visita a la tierra.

CAPITULO ONCE

¿**NO COMPRENDEN USTEDES?** —gritó Registrador a una multitud de ángeles de semblante empalidecido. El hecho de que el majestuoso y reservado Registrador estuviese casi fuera de sí por la emoción, era suficiente como para enervar a cualquier ángel, pero el significado de su reveladora declaración a esas criaturas angélicas estaba totalmente fuera de su alcance.

—¿No han comprendido ustedes? —gritó Registrador otra vez a su auditorio—. ¡En este momento una virgen de entre los hijos de Adán ha concebido!

Toda boca de todo ángel quedó abierta, todo ojo parpadeó y toda garganta tragó en seco.

—En este momento ha empezado a formarse dentro de la matriz de una mujer, un Ser que lleva en sí todo aquello que es la inocencia más elevada, más pura y más grande y toda la grandeza de un Adán de *antes* de la Caída. Y en este momento, formándose en esa matriz está la vida misma de Dios. De esa matriz virgen saldrá lo más elevado de la humanidad no caída, el Hijo mismo del hombre... Y de esa matriz saldrá toda la esencia de Dios, el Hijo mismo de Dios.

Finalmente, los dos se han reunido en Uno, y su nombre será Jesús, Salvador, porque El salvará a los hombres de los estragos que el pecado ha infligido sobre su raza.

—Pero aun esto es tan solo para un final más grandioso. Así como El, en este día, se ha hecho uno con ellos, vendrá la hora en que los escogidos por El para redención, serán hechos uno con El, en una gloria aun más grandiosa.

Millones de pasmados ángeles siguieron mirando, con la boca abierta, al antiquísimo Registrador.

—¿Pero no entienden ustedes? —gritó—. ¡La redención se ha acercado! La salvación para el planeta favorecido está a la mano. Y, mucho más allá de nuestros sueños más descabellados, en breve el Misterio será conocido. El Propósito de Dios... su Propósito *eterno*... la verdadera razón de su creación, será revelada muy pronto. Nos encontramos en el momento culminante de toda la historia eterna.

Aquel aplastante silencio fue roto por Miguel, que, en forma espontánea, había girado en redondo para toparse con su semejante más próximo.

—¡Gabriel! —exclamó el arcángel—. ¿Sabías que estas cosas serían el resultado final de todo lo que hemos estado haciendo últimamente?

—¡No! —gritó Gabriel—. ¿Y tú?

—¡No! ¡Nunca! —contestó Miguel—. ¡Oh, que hayamos tenido parte en semejante gloria!

Entonces Miguel sacó la espada, levantó los brazos bien alto, echó atrás la cabeza y ensordeció a la hueste celestial al rugir (como sólo Miguel sabe hacerlo):

—¡Se acerca la Redención!

A lo cual Gabriel respondió:

—¡Y el Misterio será revelado, y el Propósito será dado a conocer! Y así aconteció, que por primera vez de solamente dos veces en toda la historia angélica, estalló el caos en la hueste celestial, y para delicia de innumerables seres de luz, todo orden se vino abajo, reinó el desbarajuste, y aquellos retozones ángeles gritaron hasta enronquecerse.

CAPITULO DOCE

TODO HIJO E HIJA DE Adán que hayan nacido jamás, han nacido de la simiente del hombre, transmitiendo siempre los cromosomas del varón, que sufrieron mutación, la herencia maldita de la Caída a toda la raza adámica.

Pero hacía muchísimo tiempo que se había profetizado, en el primer libro de Moisés, que una vez, una única vez, nacería un hijo varón de la simiente de una *mujer*. Y sería este Hijo nacido de la simiente de la mujer, quien destruiría al enemigo de Dios.

Y aconteció así, que una vez, una única vez, nació un hijo varón de la simiente de una mujer.

Y el nombre de la mujer era María.

Mientras María dormía, el Espíritu Santo de Dios cubrió con Su sombra a esa joven doncella, y la simiente de la mujer entró en germinación. Y en esa maravillosa simiente no había mancha de pecado de los descendientes de Adán.

De esta manera, de la exótica simiente de María comenzaron a formarse un alma y un cuerpo humanos no marcados por la historia del hombre caído.

En ese mismo instante misterioso emergió una maravilla aun mayor, porque el mismísimo *ADN de Dios* se unió con esa singular y única simiente. Y de esa forma se incorporaron en ese embrión unicelular, un cuerpo y un alma inmaculados procedentes del ámbito visible. Y proveniente del ámbito invisible, quedó incorporado allí, en ese embrión, un espíritu viviente... el mismísimo Espíritu y Vida de Dios.

La esencia misma de todo lo que es Dios latía en lo recóndito de ese embrión de hijo varón. Considérese: la genética de un hombre no caído creciendo juntamente con la genética de Dios.

Residiendo dentro de esas células que ahora se multiplicaban, había un espíritu humano verdaderamente *vivo*. Ciertamente nada como esto había existido desde que el espíritu de Adán se apagara parpadeando en el huerto del Edén, y Adán había muerto en lo que respecta al ámbito espiritual.

De este modo, pues, aconteció que fue concebido, una vez, y sólo en esa ocasión Uno que era del todo Hijo del Hombre y del todo Hijo de Dios.

La tierra no había presenciado nunca una concepción tal: un hombre impecable, con la vida misma de Dios Padre morando en él. El cielo nunca había visto una concepción así: ¡El Dios Omnipotente... hacerse visible en forma humana, en el ámbito material!

Aquel Ser que se formaba en la matriz de María, era un Ser distinto de toda criatura que había existido antes jamás. ¿Permanecería único él, un género de uno en su clase, o anunciaba él el comienzo de una nueva especie?

Cualquier cosa que Esta fuera, cualquier cosa que llegara a ser, su concepción fue muy sencillamente el más grande y único milagro de todos los tiempos.

¡Porque en esa hora Dios se hizo hombre!

CAPITULO TRECE

*E*L CARPINTERO PEGO TAN duro con el mazo sobre el banco de trabajo que lo quebró. Así destrozado lo levantó de nuevo y lo arrojó contra la pared. Enseguida se volvió y le dio una fuerte patada a la puerta. Luego otra, y otra...hasta que el pie se le entumeció. Entonces el joven artesano se puso a recorrer en círculos ese recinto que le servía de taller, como en una danza de furor, y por último se paró en el centro de la pieza, se puso las manos sobre los oídos, echó atrás la cabeza y gritó a voz en cuello. Cuando ya no pudo más, José se dejó caer al suelo, metió la cara en el aserrín y lloró incontenlblemente.

De pronto el joven carpintero levantó la cabeza, y con los labios resecos gritó:

—María, María, ¿cómo pudiste hacer esto? ¡De todas las mujeres que hay sobre la faz de la tierra! *¡Tú*, de toda la gente! ¿Cómo pudiste hacer esto?

—Una vez más José cerró los puños y, como en una cadencia ceremonial, empezó a golpear con ellos el piso.

—Todo en ella decía que amaba a su Señor —dijo angustiado el joven—. Era lo más puro que yo había conocido jamás. ¡Si no se puede confiar en María, entonces ningún hombre puede confiar en mujer alguna que haya vivido jamás!

Se puso en pie y exclamó otra vez:

—Pero ¿cómo pudo hacer esto? Es inconcebible. ¿Cómo? ¿Cómo? —explotaron los sollozos desde el alma de José—. Nunca me casaré con ella. Nunca me casaré con *ninguna*. Nunca más volveré a confiar en ninguna otra mujer. ¡Nunca!

Emocionalmente rendido, y al borde del agotamiento, el joven carpintero cayó otra vez al piso y siguió llorando hasta quedarse dormido.

En ese mismo momento se abrió la Puerta. Gabriel se deslizó por ella pasando a la pieza, contempló la destrucción que José había infligido a su taller de carpintería, y luego se arrodilló tiernamente junto al joven artesano que estaba rendido en un espasmódico sueño.

José, hijo de David. No temas. Toma a María como
tu esposa. El hijo que hay en ella fue concebido del
Espíritu Santo. Cuando él nazca, ponle por
nombre: Jesús. El es el que salvará a su pueblo de
sus pecados.

José se movió ligeramente, dejó escapar un largo suspiro y empezó a respirar en forma apacible. Cesaron los gemidos de angustia que habían estado brotando de su garganta. Ahora Gabriel puso la mano suavemente sobre la frente de José y esperó... esperó hasta que su sueño fluía tranquilamente y en su rostro se reflejaba la paz.

Entonces Gabriel habló otra vez:

Nuestro Dios ha escogido bien al hombre que
habrá de criar al propio Hijo del Dios Altísimo. Y
tú, José, como comprenderás en los días y años por
venir, Dios también ha escogido muy bien a su
madre... y esposa tuya.

Entonces, Gabriel se deslizó de regreso por la Puerta, entrando en su propio ámbito. José abrió los ojos. Lo que vio fue un recinto... no, un mundo entero, completamente cambiado de lo que había sido tan sólo unas horas antes.

CAPITULO CATORCE

MARÍA, ¡ESTAMOS CASADOS desde hace sólo... bueno, desde hace menos de...menos de un mes! ¿Y me vas a dejar solo por tres meses? ¡No lo dirás en serio!
—Elisabet me necesita. Ella no es joven. Además, cuando yo era niña, ella fue mi mejor y más íntima amiga. José, las mujeres de su edad no tienen hijos. Ella necesita mi ayuda.
—María, esto es pura locura.
—José, debo hacerlo.
—No; tú no debes, no puedes, no te es posible, y no irás.
María cruzó los brazos en un gesto de desafío y su labio inferior quedó muy ligera pero bien firmemente sobresaliente.
Hubo un momento de pausa, al tiempo que dos voluntades lidiaban en silencio.
—Está bien, ve y ayúdala. Pero no tres meses, María. ¡Soy un hombre trabajador! Trabajo desde el amanecer hasta oscurecer. Seis días a la semana, durante todo el año. Necesito tu ayuda... para cocinar para limpiar, para que estés conmigo. ¡María, no *tres meses*! No puedes estar ausente tanto tiempo.

—José, hijo de Matán, *debo* estar con Elisabet... hasta el día que nazca su hijo. Y *estaré*.

—Y además, hay otra cosa, María, hija de Elí... ¡testarudo, obstinado Elí, añado yo! ¡*Estás* embarazada! No tienes necesidad de irte hasta el otro lado del país, para ponerte a cuidar a alguien a quien no has visto desde hace años. Eres tú misma quien necesitas que alguien *te cuide*. Pero no, vas a ir caminando desde aquí hasta Judea, sola, a pie, para ayudar a alguien a tener su bebé. Bueno, ¿y quién *te va* a atender a ti? ¿Y quién me va a atender a mí?

José hizo una pausa, y luego, echando mano de una lógica aún más elevada prosiguió:

—Y además, Elisabet y Zacarías viven en la región montañosa del país. Lo que te propones hacer es un viaje largo y difícil. Esas montañas son muy escarpadas, con pendientes muy empinadas, y los caminos de esa comarca son peligrosos. De hecho, toda esa área es peligrosa. Hay más salteadores en esas colinas, que en cualquier otra parte de Judea. Nadie en tu condición de embarazada tiene nada que hacer allá afuera en una región como ésa.

Hubo un largo silencio. Entonces María habló, pero esta vez con voz suave y bajita:

—José, no comprendo plenamente lo que me ha acontecido. Pero sí estoy segura de que un ángel se me apareció; también estoy segura de que un ángel te ha hablando a ti. Y tú, mi querido esposo, viniste pronto y te casaste conmigo, y eso ha significado todo para mí. Más allá de esto, es muy poco lo que yo entiendo. Pero esto sí sé: un niño se está formando en mi vientre. No sé a cabalidad quién es él, pero él no es de este planeta. Es de otro mundos. Procede de Dios mismo. Ni siquiera me atrevo a repetir lo que el ángel llamó a mi hijo.

—Y ahora esta carta que me mandó Elisabet, confirma las palabras que me dijo el ángel. Por imposible que parezca, Elisabet también tiene un hijo formándose en su matriz. Ambas criaturas fueron concebidas en forma extraña y misteriosa. El nacimiento y la vida de ambos aquí en la tierra están inseparablemente vinculados, esto sí *lo sé*. Y asimismo sé esto: se supone que yo vaya a estar con Elisabet. Y voy a ir. En lo que respecta a los peligros, un Dios que puede hacer que una virgen conciba, puede de igual manera protegerla de todos los peligros de las montañas y de los salteadores. Además, José, sabes muy bien que es costumbre que una mujer embarazada se aparte por un tiempo. Que esté yo alejada allá en Judea con mi prima, también embarazada, parece lo correcto para mí ahora.

Entonces, María se sentó en una banqueta y se reclinó contra la pared. A José le pareció que quizás, tan solo quizás, había visto una sonrisita maliciosa esforzándose por aparecer en las comisuras de los labios de María, cuando ella empezó a hablar de nuevo.

—Y en cuanto a ti, José Jacob, hijo de Matán...testarudo, obstinado Matán, podría añadir yo... tú habías estado cuidando de ti mismo, preparándote tus propias comidas, limpiando tu casa y atendiendo a todas tus demás necesidades desde mucho antes de conocerme.

Cuando María terminó, José exhaló un largo y lento suspiro, y relajó sus tensos hombros. Contra su voluntad, una ligera sonrisa pasó danzando por su rostro.

—María, hija de Elí, sólo quiero que sepas que nunca jamás hubo un día en la vida de Matán en que él fuera tan testarudo, tan cabezudo ni tan dado a ganar un argumento como era Elí.

Al encontrarse los ojos de la joven pareja, José ya no pudo impedir más que la sonrisa le aflorara en todo el semblante. María, la muchacha que lo desconcertaba tanto como lo deleitaba, le devolvió la sonrisa. Entonces ella se enderezó un poco, ahogó una risita y de repente se incorporó bien derecha, juntó las manos dando una palmada y dijo:

—¿¡No es maravilloso el amor!?

CAPITULO QUINCE

¿*E*LISABET?
—¡María!
Una mujer de edad bastante más que madura salió aprisa por el portal de su casa hacia una mujer joven, cansada y cubierta de polvo, que subía con esfuerzo por la angosta calle de piedra caliza. Al quedar frente a frente, se saludaron y se abrazaron. Hubo un momento de emoción y admiración entre ellas, que llegó mucho más allá de lo corriente.
—¿En breve? —preguntó María.
—Menos de tres meses más. ¿Y tú?
—Unos siete meses más. Acabo de empezar, como quien dice...
—Sí —dijo Elisabet, moviendo la cabeza afirmativamente—, pero tu hijo... justo ahora cuando me llamaste, mi hijo sería lleno del Espíritu Santo aun antes de nacer. Y él *reconoció*. ¡Y saltó! ¡Un niño no nacido aún reconoció a su Señor! sin ver discernió. ¿Qué santo Ser es este que está dentro de ti, María, que mi hijo ha sido escogido para reconocerlo y precederlo?
María no respondió. No pudo responder.

—¡María! ¡Cree solamente! Cree que las cosas que te fueron dichas son verdad, y que a su tiempo acontecerán.

Elisabet hizo una pausa, luego añadió:

—Tú sabes bien que hoy te recibo aquí como mi prima, y que ciertamente eres muy bienvenida a nuestro hogar. Pero también te recibo con *honor*, como la madre de mi Señor, y del Señor de mi hijo no nacido aún.

La muchacha adolescente apretó fuertemente el puño cerrado contra los labios, al tiempo que comenzaron a brotarle lágrimas calientes que le corrían por las mejillas, lágrimas que revelaban la lucha que libraba dentro de sí misma tratando de entender la magnitud de lo que le había sobrevenido.

Después de un momento de lucha silenciosa, María volvió su rostro hacia el occidente y levantó los ojos al cielo, hacia el sol poniente, y empezó a decir en un susurro:

—No entiendo... no puedo... entender plenamente. Pero *alabanza*... ¡no contendré mi alabanza... a ti!

Entonces, levantando ambas manos encima de la cabeza, María exclamó, hacia el sol poniente, hacia el cielo, y hacia el Señor sentado en su trono:

¡Mi Dios! ¡Mi Salvador!
Mi alma te engrandece,
mi espíritu se regocija en ti.
Has mirado a esta tu humilde
sierva,
y de aquí en adelante,
ahora y a perpetuidad,
me llamarán bienaventurada.

Oh, Todopoderoso,
tú has hecho en mí
grandes cosas.
Santo es tu nombre.
Ahora, y por siempre,

> *de generación en generación.*
> *Y misericordioso eres a*
> *todos los que te temen.*
>
> *¡Qué poderoso es tu brazo!*
> *Has esparcido a los soberbios*
> *y sus jactanciosos pensamientos;*
> *has derribado de sus tronos*
> *a hombres poderosos.*
> *Y ahora has exaltado*
> *a los de condición humilde;*
> *has colmado de bienes a los hambrientos,*
> *y a los ricos has despedido vacíos.*
> *¡Oh, Poderoso,*
> *has socorrido a Israel, tu siervo,*
> *acordándote de tu misericordia*
> *que prometiste*
> *a nuestros padres,*
> *a Abraham y*
> *a su simiente*
> *para siempre!*

Por largo rato María permaneció allí temblando, aliviada y gozosa, en tanto que por sus mejillas descendían arroyuelos de lágrimas frescas.

Entonces, Elisabet se deslizó silenciosamente al lado de María, y con delicadeza le puso el brazo alrededor de la cintura. Juntas, permanecieron allí mirando la resplandeciente puesta del sol, hasta que el astro rey desapareció debajo del horizonte.

—Ahora ven, María, entra conmigo. Y ¡bienvenida! Ciertamente vas a añadir un poco de chispa a este lugar. ¿Cuánto tiempo podrás quedarte?

—Hasta que nazca tu hijo...espero. Aunque tengo un problema. Mi José quiere que yo regrese antes de eso. Pero, aun cuando yo deseo mucho obedecerlo, creo que me corresponde estar aquí. Con todo, a José le parece que en algún momento debo empezar a actuar como una madre expectante.

—Lo sé, María, —dijo Elisabet riéndose—. Zacarías actúa de la misma manera. Me ha incomodado mucho, este marido que tengo. ¡Y ni siquiera puede hablar! Más vale que nos unamos, o de lo contrario nuestros maridos nos van a quitar todo lo divertido de estar encinta.

CAPITULO DIECISEIS

VINIERON PARIENTES DE TODAS partes de Judea al poblado de Zacarías y Elisabet. El vecindario también se había interesado mucho en lo que estaba ocurriendo. Este era, después de todo, el acontecimiento del año. ¡Una mujer ya bien pasada de la edad de dar a luz, estaba con dolores de parto! Su marido, de edad avanzada, levita y sacerdote, que había visto a un ángel y había quedado mudo por obra de ese mismo ángel, estaba a punto de ser padre.

Ese no era un acontecimiento como para perdérselo uno.

Así pues, esa mañana en particular toda la calle y el espacio de alrededor de la casa de Zacarías se hallaban repletos de amigos y de espectadores. Justo antes del mediodía, una comadrona salió a la puerta y anunció a la multitud que esperaba:

—¡Es un niño! ¡Al fin Zacarías tiene un hijo!

El niño era pequeño, pero robusto y fuerte. Sus ojos oscuros hacían juego con su piel morena. Pero su rasgo más sobresaliente era una tupida cabellera de pelo negro como el azabache.

Una de la comadronas le dio al niño una buena fricción con sal seca, lo bañó en agua, lo secó y le declaró sano y saludable. Momentos después otra de las comadronas envolvió al niño en pañales y se lo trajo a Elisabet.

—Elisabet —le dijo—, puedes estar orgullosa. Es un hermoso bebé. —Luego, hablándole a la criatura, la comadrona dijo:

—Mira, Zacarías, ésta es tu mamá.

—Oh, no —protestó Elisabet—. Su nombre no es Zacarías; su nombre es Juan.

Todos los que estaban al alcance de su voz guardaron silencio. Una de las parteras se deslizó fuera de la habitación, fue aprisa a la repleta sala de estar y se acercó a Zacarías.

—Tu hijo ¿se llamará Zacarías, como tú? —le preguntó.

Ahora bien, ¿cómo se puede lograr una clara respuesta de un hombre que ha quedado mudo? Con cautela, la comadrona prosiguió:

—Elisabet dice que su nombre ha de ser Juan y no Zacarías.

Enseguida Zacarías empezó a hacer señas con las manos. Por último, con cierta frustración, pidió por señas una tablilla de escribir. Un escriba vino hasta él trayéndole una. Zacarías empezó a escribir:

Su nombre es Juan.

En ese mismo instante Zacarías dejó caer al suelo el estilo con que había escrito y se llevó la mano a la garganta. Al verlo así, todos a una jadearon. De inmediato varios amigos suyos se apresuraron a ayudarlo. Entonces, de pronto, una amplia sonrisa recorrió el semblante de Zacarías, porque un débil chillido había salido de su garganta.

—Pue... puedo hablar. ¡Puedo hablar! —gritó.

Un grito de alegría brotó de todos los presentes en aquella sala de estar. Pero en la habitación adyacente, el recién nacido al que se le acababa de poner por nombre Juan, rompió a llorar y a berrear. Al mismo tiempo, Elisabet empezó a llorar de modo incontenible.

EL NACIMIENTO

Pero Zacarías, estando allí en medio de la sala, ahora gritaba aleluyas a pleno pulmón. Medio extasiado como estaba, una plétora de gozo del Espíritu Santo fluyó de su interior:

> *¡Bendito eres, Señor Dios*
> *de Israel!*
> *Has redimido a tu pueblo.*
> *De la casa de David tu siervo,*
> *has levantado un cuerno*
> *de salvación.*
> *Tú prometiste hace mucho,*
> *por boca de tus profetas,*
> *que nos salvarías de la mano*
> *de nuestros enemigos,*
> *y que harías misericordia*
> *con nuestros padres.*
> *Juraste que te acordarías*
> *de tu santo pacto,*
> *que hiciste jurando*
> *a Abraham, nuestro padre,*
> *que seríamos librados*
> *de nuestros enemigos,*
> *y que te serviríamos*
> *en santidad y justicia*
> *todos los días de nuestra vida.*

En este punto, Zacarías salió precipitadamente de la sala de estar, irrumpió en la habitación, pasó entre las asombradas comadronas y, dejándolas horrorizadas, arrebató a su hijo de los brazos de Elisabet. Enseguida corrió de regreso a la sala. Para entonces todos estaban plenamente de acuerdo: Zacarías se había vuelto completamente loco.

Elisabet, por su parte, levantándose y poniéndose de pie, se escurrió hasta la puerta. Lo que allí vieron sus ojos, hizo que ella sonriera encantada y quedara completamente aterrada, todo al mismo tiempo.

Zacarías tenía levantado a su hijo bien alto por encima de la cabeza, y exclamaba en alta voz:

> *Y tú, oh niño,*
> *profeta serás llamado.*
> *¡Profeta del Dios Altísimo!*
> *Irás delante del rostro*
> *de nuestro Señor mismo.*
> *Prepararás sus caminos.*
> *Proclamarás el reino*
> *de su salvación*
> *a su pueblo,*
> *la remisión de sus pecados*
> *por la entrañable misericordia de Dios.*
> *¡Ha esclarecido el día!*
> *Alumbra a aquellos que*
> *habitan en tinieblas*
> *y*
> *en sombra de muerte,*
> *para encaminar nuestros pies*
> *al camino de paz.*

Lentamente Zacarías fue bajando al niño, hasta que Juan quedó reposando en el suelo delante de su padre, que ahora estaba arrodillado, llorando.

Luego de unos momentos de conmovido silencio, finalmente alguien en la otra habitación recobró el uso de la voz y gritó:

—¡Zacarías! El solo hecho de que viste un ángel y que ahora Dios te ha devuelto la voz y te ha llenado de su Espíritu Santo, no te hace ser madre. ¡Tráeme de vuelta mi bebé ahora mismo!

CAPITULO DIECISIETE

*Q*UE QUIERES DECIR? ¿Que quieres ir conmigo a Belén? Augusto César me ordenó a *mí* que fuera allá, no a ti, ¿Es que tienes siquiera idea de lo que estás diciendo?

—Sí José, yo sé lo que estoy diciendo. quiero ir a Belén.

—María, en nombre de la cordura ¡ya tienes casi nueve meses de embarazada! ¿Crees que podrás tener este niño en Belén? En la condición que estás, podrías muy bien acabar en tenerlo durante el viaje, al borde del camino. Estamos hablando de un viaje de unas noventa millas, con calor todo el día, frío toda la noche, ninguna posada a todo lo largo de la ruta, y tener que dormir al borde del camino...con poca o ninguna comida asequible, un asno viejo y cansado que quizás pueda llevar tan lejos a una mujer embarazada o quizás no... a una mujer que está como para dar a luz en cualquier momento.

—Por favor, María, hagámoslo de esta manera: el decreto de César acaba de ser anunciado. Podemos esperar. Después, cuando el bebé haya venido, yo subiré a Belén. De esta forma evitaré el gentío. Yo puedo ser uno de los últimos en empadronarme, con tal que llegue allá antes que el tiempo del empadronamiento termine. Así habré quedado bien. De esta manera puedo estar contigo hasta que el niño venga.

—José, tú vas a ir a Belén. Ahora. y yo iré contigo.

—¡María, en nombre del sentido común! Al presente Belén debe de estar atestada. Lo sé; me crié allí. Esa población tiene una sola posada y la misma ha de estar llena de gente adinerada. Casi todos los demás estarán durmiendo en las calles.

—Además, tan solo imagínate esto: partimos y vamos descendiendo por el camino, y nuestros amigos nos ven. ¡Gente del todo desconocida nos ve! Puedo oírlos desde ahora: "Saludos, señor. ¿De viaje hacia Belén, verdad? Veo que, como buen y solícito marido, usted lleva consigo a su querida esposa, que está, cuando menos, al final de su gestación. Y ¡vaya, pero qué magnífico asno viejo que tiene! ¡Hombre, parece como que puede aguantar por lo menos una o dos millas más! Dígame, señor, ¿la insania no es algo que suele ocurrir en su familia?

—José, debo ir a Belén contigo.

—Por favor, María, ¿por qué? ¿Qué posible buena razón puede haber en semejante idea?

María esperó un poco. Luego, respondió con una voz tranquila y suave:

—José, este Ser que reside dentro de mi cuerpo es del linaje de David; y sé que la única persona que habrá de tener todo el derecho de sentarse en el trono de David, deberá proceder de la casa de David.

—Pero tú no sabes realmente si él va a sentarse en...

—No, en realidad no. Todo lo que sé es que existe esa posibilidad. El ángel dijo: "Y su reino no tendrá fin."

—Pero tú no sabes *exactamente* qué es lo que...

Cierto, no lo sé. Pero tan solo por si acaso eso significa lo que parece que quiere decir, mi Hijo va a nacer en Belén.

Luego, casi como recalcando, añadió:

—Al menos, nadie podrá jamás poner en duda *dónde* nació él.

EL NACIMIENTO

—Pero ¿y si el niño nace durante el viaje? —arguyó José.

—El no va a nacer durante el viaje —respondió ella enfáticamente.

—¡María, eres tan frustrante! Tú no puedes saber eso. Además, cuando lleguemos allá. ¿estarás dispuesta a dormir en plena calle? ¿Y estarás dispuesta a dar a luz a tu hijo en medio de la plaza de mercado? ¿O en un callejón? Tú no puedes hacer esto. En serio, ¿dónde piensas tener a tu hijo?

—Yo no sé dónde, José. Todo lo que sé es que llegaremos a Belén antes de que el niño nazca. De alguna manera el Señor proveerá para nosotros. —Cuando María terminó de hablar, sus ojos casi imploraban a José.

—¡Proveerá para nosotros! ¡Proveerá para nosotros! Para ti resulta fácil decir esto. Todo lo que tienes que hacer es tener al niño. Este hecho es inalterable. Peor yo tendré que vivir con la vergüenza de tener que decirles a todos: "Nuestro hijo nació debajo de un carretón, allí afuera en medio de la calle. ¡Porque mi esposa insistió en que fuera así!"

Lentamente José se puso en pie y se dirigió hacia la puerta.

—¿A dónde vas? —preguntó María.

—¿A dónde voy? Bueno, voy a tratar de encontrar la manera de cómo poner un poco de relleno extra sobre el lomo de un asno viejo y cansado, para que mi esposa, que está por lo menos en su noveno mes de embarazo, pueda tener a su hijo en una población que está a cien millas de aquí.

—¡Gracias, José! —El tenso cuerpo de María se relajó, y en su semblante apareció una lenta y tranquila sonrisa—. Eres un hombre muy paciente y comprensivo.

Por un largo momento José no dijo nada. Finalmente, una ligera sonrisa recorrió su agitado rostro.

—No me des las gracias a mí, María. Más bien agradece a ese ángel que sigue apareciéndose por todo este lugar.

CAPITULO DIECIOCHO

A MEDIDA QUE SE APROXIMABAN a las afueras de Belén, José se daba cuenta de que enfrentaba un problema más grande aun que el que había previsto. A lo largo de los lados del camino, y más allá, afuera en el campo, donde los pastores apacentaban sus rebaños, había veintenas, tal vez centenares de personas. Algunos habían levantado tiendas provisionales, otros habían echado jergones en el suelo, en tanto que otros más sencillamente estaban sentados sobre la hierba del campo.

Mientras más se acercaban a Belén, más lleno de gente se ponía el camino, y más frecuentes eran las tiendas, y jergones, y fogatas de los que estaban de paso.

Ya era de noche cuando pasaron por las puertas de la población. La escena era bien desalentadora. Cada palmo de las calles laterales estaba repleto, ya sea de gente, ya de vendedores que pregonaban sus mercaderías.

Lenta y cautelosamente José guió el asno por el atestado camino. Por último llegaron hasta la única posada de la población. Había una gran muchedumbre delante de la puerta, esperando desesperanzada que alguien desocupara una habitación. Al abrirse la puerta, José tuvo una vislumbre de la actividad que había adentro. La gente estaba de pie dondequiera, si bien algunos se las habían ingeniado para hallar un sitio donde sentarse en el suelo junto a la pared. José no se molestó siquiera en llevar más despacio el asno. Obviamente no había lugar para ellos en el mesón.

—Nunca me imaginé que tanta gente hubiese nacido en Belén —musitó—, ¿Cómo ha podido esta pequeña población haber producido tanta gente?

—Tal vez —comentó María hablando en ese tono travieso que tanto desconcertaba a su esposo—, tal vez será porque todas las madres juiciosas pertenecientes a la tribu de Judá, han decidido que Belén es el único lugar apropiado en que sus hijos varones deben nacer.

—Bueno —suspiró José—, tratemos al menos de hallar un sitio donde guarecer el asno por esta noche, y luego busquemos en alguna parte entre esta multitud un lugar en que puedas dormir.

Por un momento José miró alrededor a la ventura, luego habló otra vez.

—Solía haber un establo justo al borde de la población, en donde los visitantes de la posada podían dejar su asno durante la noche. Quizás todavía esté allí.

Entonces los dos viajeros empezaron a avanzar camino abajo por varias atestadas calles de las afueras de Belén, hasta que, por último, llegaron a un establo. Más exactamente, aquello era en parte un cobertizo y en parte una cueva. Habían vacas, cabras, burros, uno o dos caballos, y hasta varios camellos atados a estacas cerca de la entrada del establo.

El rostro de José se iluminó cuando vio al encargado. Era un amigo suyo de la infancia.

Sí, el establo estaba lleno, le dijo su amigo. Y ciertamente era imposible guarecer allí ni siquiera un animal más. Pero, así y todo, debido a su amistad de la infancia, Azzán, que era dueño del establo, tomaría el asno de José y lo cuidaría hasta que él lo necesitase de nuevo.

Entonces la joven pareja se dirigió de regreso hacia el centro de la población, buscando atentamente algún sitio cualquiera donde poner un jergón. Por cierto que, justamente al llegar a la esquina de una congestionada calle, dos hombres se levantaban de su 'alcoba' de piso de tierra y partían adentrándose en la noche oscura. Rápidamente José extendió las mantas en el suelo.

—Esta noche dormiremos aquí —dijo—. Y mañana, mientras yo voy a empadronarme, tendrás un sitio donde esperar. No es mucho, pero con harta frecuencia el Señor nos proporciona lo que necesitamos, no lo que deseamos. Ahora mismo nos ha proporcionado un sitio donde puedas tener el bebé. ¡De modo que no vayas a tenerlo hasta que El nos provea eso también!

—Es suficiente —respondió María—. Por otra parte —observó—, yo habría creído que la provisión del Señor pudiera haber sido unos palmos más ancha.

CAPITULO DIECINUEVE

TEMPRANO A LA MAÑANA siguiente ya había actividad en las calles de Belén. José se levantó al escuchar esos primeros sonidos de actividad de la población. Rápidamente miró alrededor en busca de algún sitio que pudiera servir más adecuadamente para su esposa y para la larga espera de ese día que ella tenía delante. Pero no vio ninguno. Las calles parecían más atestadas aun que lo que recordaba de la noche anterior. José despertó a María tan suavemente como le fue posible.

—Aquí tienes algunas monedas —le dijo—. Será suficiente para proveerte desayuno y un almuerzo. Regresaré en cuanto haya terminado de empadronarme. Ahora tengo que irme, porque oí decir que las colas son largas y que se mueven muy lentamente.

Como era de esperar, ese día resultó largo y terriblemente aburrido para María. No había nada que ella pudiera hacer, sino sólo estar sentada y esperar. Su única actividad consistió en ir cambiando de posición y de sitio sobre el jergón para aprovechar mejor la sombra del día. José volvió ya entrada la noche, obviamente enojado y frustrado.

—La cola era increíblemente larga —refunfuñó—. Cientos de personas habían venido mucho antes de que yo llegara. Había sólo dos mesas dispuestas para el empadronamiento. Parecía que hacían todas las preguntas que un hombre pudiese saber con respecto a sí mismo, y docenas más que nunca había ni soñado. Al menos eso fue lo que supe de los que pasaban. No pude ni llegar hasta los funcionarios. Mañana tendré que empezar de nuevo todo este proceso. Creo que ahora lo más sensato es que yo me quede contigo como hasta la medianoche, y entonces regrese allá y duerma cerca de esas dos mesas. Eso fue lo que centenares de otros hicieron anoche. Si hago lo mismo, podría terminar esta miserable tarea para el mediodía mañana.

—¡José! —gritó María. Su voz estaba llena de alarma.

José sintió una puñalada de puro terror, pero no estaba seguro de con respecto a qué.

—¡José! —gritó ella de nuevo al tiempo que se agarraba del brazo de él.

—Oh, no. ¡Oh, no! ¡María! María...no puedes tener este niño aquí mismo en la calle. —José ayudó a su esposa a cambiar de posición. Una violenta incertidumbre en los ojos de María le ordenaba que hiciera algo.

—Voy a traer el asno. Quizás podamos llegar hasta Jerusalén antes que venga el niño.

—No —respondió María con firmeza, sin soltar el brazo de José—. Es muy tarde para eso. Además, mi Hijo ha de nacer aquí en Belén.

—Quédate aquí, María —dijo José con urgencia—. Volveré en un momento. Tenemos que encontrar una comadrona, y tenemos que hallar un lugar para que tú...para que tú... —Y diciendo esto, se puso en pie de un salto y se fue de prisa. Pronto sus pasos se tornaron en una carrera. Ahora, por qué iba a traer el asno, de eso no estaba seguro. Todo lo que sabía era que tenía que hacer algo, y hacerlo pronto.

En unos minutos regresó.

—María —dijo él jadeando—, no es una habitación. Pero hay paja de heno limpia. Una cama de paja... mi amigo... él...él...

—¿De qué estás hablando, José? —le preguntó María, entre respiro entrecortados, al tiempo que su confusa mirada reflejaba una combinación de dolor, de temor y de expectación.

—El establo. Mi amigo ha hecho una cama para ti en el establo. Sacó nuestro asno, su cabra y un caballo. Hay espacio. Ven. ¡Aprisa! Voy a buscar una comadrona. El me dijo dónde vive una.

María se levantó, asiéndose una vez más firmemente del brazo de José, al tiempo que sofocaba un dolor agudo y fuerte.

CAPITULO VEINTE

EL ESTABLO ESTABA DEBILMENTE iluminado por tan sólo una pequeña y humeante lámpara. Habían colocado una estera de paja en el piso bien cerca de la puerta, para que María pudiera tener un poco de alivio del desagradable hedor que había en ese lugar. El rostro de José estaba ceniciento, y todo su cuerpo temblaba. En ese momento él podría haber expresado un enérgico alegato en contra de toda la idea de la reproducción.

Azzán, el amigo de José de toda la vida, que nunca se había casado, permanecía fuera del establo, inmovilizado y aterrado. Los dos hombres escuchaban cómo las dos comadronas le daban toda clase de instrucciones a María, ninguna de las cuales tenía sentido alguno para ninguno de ellos. Pero José oyó una expresión que sí comprendió plenamente:

—Soy comadrona desde hace unos cincuenta años; he parteado en miles de alumbramientos. Y te digo que esta joven muchacha...que está alumbrando aquí a esta criatura...es una virgen. Sí; una *virgen*.

La lucha entre el dolor y el parto continuó durante varias horas, conforme los dolores de parto de María llegaban en ciclos cada vez más cortos.

Nueve meses atrás la Puerta de las regiones celestes se había abierto dentro de la matriz de María y por ahí había entrado Dios en esta creación visible. Ahora ya era casi el momento de que esa misma matriz se abriese y, de esa manera, se tornase en la entrada por la cual Dios pudiese manifestarse sobre este mismísimo planeta.

Por último, la Puerta se abrió y, de igual manera que cualquier otro niño nacido jamás, él fue pujado y expulsado, en dura agonía, con sangre intensamente roja, y desde una envoltura de líquido protector. El que había formado el mundo, ahora hacía su entrada a este mundo, no al sonido de trompetas y címbalos, ni tampoco en un palacio real. Su recepción no fue como el de uno que nace en la realeza, que es ataviado con ropaje fino. Antes bien, sus prendas de vestir fueron fajas de gasa, y su cama, el pesebre de un caballo. Su humilde ingreso a este mundo tuvo lugar en una cueva ubicada en la falda de una colina, que algunos hasta pudieran llamar un establo.

El niño lloró. La madre rió y lloró. Las comadronas le sonrieron maravilladas al niño que había nacido tan extrañamente. Y José se deslizó al piso de tierra y lloró.

En realidad el nacimiento de esta criaturita, con excepción del modesto ambiente en que tuvo lugar, no fue diferente del de todos los que han salido de una matriz y han entrado a la opaca luz de esta tierra. Con la única excepción, desde luego, de que un gigantesco ángel permanecía justamente fuera de la puerta del establo, acampado allí, para presentar batalla a cualquier ser creado que pudiese haber amenazado esa encarnación del Dios de toda creación.

Pero al escuchar el primer lloro del niño, Miguel supo que era hora de llevar las buenas nuevas a sus compañeros allá en le otro ámbito. Se dio prisa para cumplir su tarea, porque percibió que Gabriel estaba a punto de perder el control de exactamente la mitad de las huestes celestiales.

CAPITULO VEINTIUNO

GABRIEL ESTABA LOGRANDO bastante bien el control de los 500 millones de ángeles que estaban a su cargo. Pero, en ausencia de Miguel, los otros 500 millones estaban al borde del caos.

La conmoción era comprensible. Esa era una de las muy pocas ocasiones de toda la larga historia de los ángeles, en que *todos* los ángeles del cielo estaban en un lugar. Y desde la creación del hombre no se había invitado a semejante numero de ángeles a pasar por la Puerta a la tierra en forma visible. No obstante, Gabriel no quería ver un total desbarajuste del orden angélico, y todo estaba señalando precisamente hacia esa dirección.

Pero, para gran alivio de Gabriel, la Puerta se abrió ligeramente y Miguel, con los ojos flameantes de júbilo, entró a los lugares celestiales. Levantó ambas manos por encima de la cabeza y, con el semblante extasiado, tronó con una voz llena de gozo:

—¡Ha nacido el niño!

Aquella conmoción cedió a una verdadera barahúnda cuando todos los ángeles se dirigieron en tropel hacia la Puerta. Miguel requirió orden, y aun cuando todos y cada uno de los ángeles estaban ciertísimos de que estaban obedeciendo de todo corazón, en realidad resultaba muy difícil llamar *ordenada* a esa escena.

Miguel miró hacia la puerta con la esperanza de que la misma pudiera abrirse más ampliamente. Sin embargo, no se abrió más, pero sí notó que se estaba trasladando. Finalmente la Puerta pareció detenerse sobre un prado en alguna parte. Entonces el solo pensamiento que a Miguel le vino a la mente fue que *si la Puerta se abría de pronto sobre un prado, sería mejor que el mismo fuera un prado muy, pero muy grande, ¡con espacio suficiente para mil millones de ángeles!*

Miguel decidió ir a investigar. Justo cuando atravesaba el umbral de la Puerta le pareció oír a dos hombres que sostenían una intensa discusión.

CAPITULO VEINTIDOS

EL LUGAR ERA UN EXTENSO prado situado en las afueras de Belén. Era ya de noche. El cielo estaba claro y las estrellas, resplandecientes. Varios pastores se encontraban sentados alrededor de una pequeña fogata, empequeñecida todavía más por una enorme peña contigua. Y, en efecto, dos de esos hombres, Rabof y Deruel, estaban enfrascados en una discusión muy animada.

—Rabof, eres un pastor necio y analfabeto. ¡Desde luego que los ángeles tienen alas!

—Tú eres más necio, y más analfabeto, y un pastor todavía más ignorante. ¡Los ángeles *no* tienen alas!

A continuación, los dos hombres empezaron a tirarse uno al otro pasajes de las Escrituras. Cuando esa fuente de información se les agotó, empezaron, como hacen todos, a inventar versículos. A su vez, eso dio lugar a la conjetura, al raciocinio y por último, a vuelos de la imaginación que tenían que ver poco o nada con el tema que discutían.

Lo que esos pastores no sabían, era que una grande y misteriosa puerta estaba a punto de abrirse muy cerca de ellos... de hecho, justamente al lado de la enorme peña lisa que proyectaba su sombra sobre el estrecho círculo de los pastores. Ni tampoco podían saber que en ese instante mismo innumerables ciudadanos del otro ámbito estaban aglomerados frente a la Puerta, ansiosos de poder abalanzarse a través de ella para hacer un anuncio que, sin duda alguna, era la noticia más importante que se habría de proclamar jamás.

En efecto, la Puerta se abrió...muy ligeramente. Y Gabriel, debido a que era su tarea asignada cruzar el umbral de ella primero, atisbó a través de la pequeña abertura.

Aproximadamente unos mil millones de ángeles se aglomeraban detrás de Gabriel, todos ellos tratando de captar aquello, fuera lo que fuera, que se encontraba delante de los ojos de él. Pero el arcángel les hizo señas para que hicieran silencio y pusieran en práctica algo de ese dominio propio angélico que tanto necesitaban entonces.

—La Puerta se está abriendo sobre un prado —observó. Hubo un momento de pausa. Luego exclamó:

—¡Veo la ciudad de Belén en lontananza!

Siguió un momento de puro desbarajuste cuando, todos a una, los ángeles exclamaron:

—¡La ciudad de David! ¡La ciudad del Rey!

Gabriel hizo señas con la mano pidiendo silencio, y enseguida continuó:

—Hay algunos pastores un poco más allá de la Puerta. Cinco de ellos. ¡No puedo creer que estén simplemente sentados allí! ¿No saben que se encuentran sólo a poca distancia del sitio del más importante acontecimiento de todos los tiempos y de toda la eternidad? Por qué será que no van y entran en la población para ver lo que Dios ha...

De repente la Puerta se abrió un poco más. Entonces espontáneamente Gabriel y algunos ángeles más que estaban junto a él se precipitaron a través de la abertura, al tiempo que cerca de mil millones de miembros de su familia angélica trataban casi desesperadamente de seguirlos.

Rabof, completamente ajeno de toda aquella actividad angélica, continuaba su debate:

—Dime un solo lugar en las Escrituras, o en cualquier otra parte, donde los ángeles... —Se detuvo abruptamente—. Pero... ¿qué es esto? —exclamó sobresaltado—. Quiero decir...¿*quién* es éste?...¡Yo...yo nunca he visto nada como tú en toda mi vida! —dijo el pastor a aquello que veía.

Como si hubiese salido de no se sabe dónde, una criatura gigantesca, que resplandecía suavemente a través de sus vestiduras blancas, vino a pararse delante de los cinco pastores.

—¿Por qué están ustedes sentados aquí? —interpeló Gabriel a los pastores.

Ninguno de ellos se movió.

—¿Por qué están sentados aquí? —repitió el ángel—. ¡Levántense! ¡Corran! ¡Vayan a Belén y vean las cosas maravillosas que Dios ha hecho!

Un gran terror dejó rígidos a los pastores, allí donde estaban sentados. Pero el ángel prosiguió:

¡Estas son las nuevas más gozosas que se hayan anunciado jamás, y son para todos! ¡El Salvador...sí, el Mesías, el Señor, ha nacido esta noche en Belén, la ciudad de David! ¿Cómo lo van a reconocer? Hallarán a un niñito envuelto en pañales, acostado en un pesebre.

A los cinco hombres les pareció obvio que esa criatura gigantesca estaba a punto de continuar, cuando de pronto sucedió la cosa más fenomenal. Otro ser angélico apareció junto a él. Y luego otro. Y otro. Y otro más.

Entretanto, en el otro ámbito el orden angélico estaba una vez más a punto de desintegrarse. Era cada ángel por su cuenta. La hueste angélica entera, de mil millones de individuos, estaba pasando en tropel por la Puerta, la cual, por último, se había abierto misericordiosamente de par en par.

Los primeros ángeles que pasaron por la Puerta, rodearon a los pastores. Aquellos que siguieron viniendo, llenaron los alrededores inmediatos, teniendo cuidado siempre de no pisar sobre ninguna oveja. Algunos de los ángeles subieron sobre la gigantesca peña lisa.

Los ciudadanos de los lugares celestiales seguían derramándose a través de la Puerta. En breve, los visitantes vestidos de blanco llenaban toda la pradera. Y seguían viniendo. Eran innumerables. Ahora ya llenaban las colinas que rodeaban a aquellas praderas.

Y venían más todavía, hasta que ya parecía que cada palmo de terreno, desde las colinas que rodean a Belén hasta las afueras de Jerusalén, quedó repleto de mensajeros del cielo. Estaban por todas partes hasta donde los ojos de los pastores podían ver. Millas y millas de pastizales y colinas resplandecían con la luz de esas criaturas luminosas.

A medida que los ángeles mismos empezaban a percibir la magnificencia de ese espectáculo sin precedente, cada uno de ellos empezó a vitorear de gozo incontenible. La barahúnda y la delectación casaron en un exquisito momento de arrobamiento. Aquel sonido era como el estruendo de mil mares. Pero a medida que las ondas del discordante vitoreo avanzaban, aquella aclamación comenzó a cambiar y a pasar a ser un colosal cántico de adoración y de alabanza.

Gloria, gloria, gloria.
¡Gloria a Dios!
Gloria a Dios que está
en las alturas.
¡Y aquí en la tierra,
paz!
Ha venido la paz entre los hombres
con quienes él tiene buena voluntad.

Aquellos pastores, no teniendo ninguna otra alternativa, se postraron sobre sus rostros, aturdidos por la gloria de lo que los rodeaba.

Los ángeles siguieron cantando sin cesar. Por último, adaptándose a lo imposible, aquellos atónitos pastores se pusieron de pie, y en forma totalmente espontánea se unieron al coro, aun cuando todavía no tenían un cabal concepto de qué era aquello en que se regocijaban tanto, pero no les importaba gran cosa. Después de todo, en medio de semejante escena, cualquier cosa que fuera menos que una alabanza a voz en cuello, resultaba simplemente inconcebible.

Con todo, los pastores no podían dejar de preguntarse: Pero, *¿qué es esto? Un repentino mar de seres extraños. ¿Quiénes son estas criaturas que tienen la gloria del cielo reflejada en su rostro y en su cantar? ¿Qué están haciendo aquí?*

Una vez más Gabriel les gritó a los pastores, pero esta vez los señaló directamente con la mano, y su voz no dejaba lugar a discusión alguna. *¡Esta* era una orden!

—¿Por qué están ustedes todavía parados? ¡Vayan y entren en la ciudad de David y vean lo que Dios ha hecho!

Habiendo dando esa orden, Gabriel y mil millones de ángeles más volvieron a su propia morada, para continuar allí su glorioso cántico. Pero cuando el último ángel paso por la Puerta, notó que la misma no se cerró del todo. Un rayo de luz del resplandor de la gloria del cielo se filtraba a través de esa pequeña abertura, penetrando a raudales en el ámbito visible.

Ese ángel notó asimismo que la Puerta comenzó a trasladarse nuevamente. Si no estaba equivocado, la misma se movía hacia el este. Pero, ¿era posible lo que veían sus ojos? Debajo del cielo y de las nubes...¡no, seguramente no! ¿No era Babilonia aquello que veía?

Y ¿por qué, se preguntaba el ángel, se había dejado ligeramente entreabierta la Puerta? Si aquello allá abajo era de veras Babilonia, y si la luz del cielo se estaba filtrando realmente por la rendija de la Puerta, penetrando en los cielos de sobre Babilonia, de seguro que semejante cosa causaría una gran consternación en la ciudad que estaba allá abajo.

Bueno, ¿y qué pasó con los pastores? Encontrándose ahora solos, salieron corriendo hacia Belén para ver lo que

Dios había hecho. Inexplicablemente, corrían hacia un establo de las afueras de su población. Cuando al fin llegaron a la entrada de ese establo, se detuvieron para recobrar el aliento. Estando allí, de pronto Deruel se volvió hacia su amigo y le dijo:

—Rabof, discúlpame. Tenías razón; yo estaba equivocado. Los ángeles no tienen alas.

CAPITULO VEINTITRES

*E*STABA AUN OSCURO cuando María, José y el Niño salieron de Belén con rumbo a Jerusalén. Hacía cuarenta días que el Niño Jesús había nacido. Por la ley levítica ése era el día de la dedicación de Jesús y el de la purificación de María en el templo.

José tenía una apremiante inquietud: los peligros que acechaban en el camino. El viaje matinal a Jerusalén sería bastante seguro, pero no podrían estar de vuelta en Belén antes de caer la noche, tiempo peligroso para estar en el camino, debido a los asaltantes. Quizás debieran pasar la noche con algunos parientes en Jerusalén. Era un viaje largo para una madre. Usar el viejo asno como medio de transporte quedaba descartado. Ella tendría que ir caminando, tanto de ida como de vuelta. Hacer del viaje una jornada de dos días parecía lo más atinado. Por otra parte, era necesario que él estuviese de vuelta en Belén lo más temprano posible en la mañana, para seguir trabajando en su oficio.

Al salir el sol y aparecer en lontananza los viejos muros de Jerusalén, la mente de José empezó a retrotraerse a unos vívidos recuerdos de su infancia. Poco a poco al ir quedando absorto, inconscientemente quedó también muy silencioso, tanto que María empezó a incomodarse. Entonces ella se adelantó colocándose delante de él, se detuvo, se volvió y lo encaró.

—¿En qué estás pensando?

Tan abstraído en sus pensamientos estaba José, y tan abrupta fue esa inesperada intrusión, que tuvo que detenerse y hacerse esa misma pregunta.

—Estaba pensando en una anciana. Cuando yo era muchacho solía ir muchas veces caminando a Jerusalén, por lo común durante una de las festividades. Algunos de nosotros jugábamos en la escalinata del templo y entre sus numerosos corredores exteriores. Bueno, con frecuencia veíamos allí a una mujer muy anciana. Nos dijeron que ella venía al templo tan a menudo, que prácticamente vivía allí. Ella oraba por la venida del Mesías...

José no sabía qué más podía decir a continuación, o si debía decir algo en absoluto. Pero María no necesitaba ninguna explicación adicional. Por un largo rato caminaron en silencio.

—¿Estará viva todavía? —preguntó María pensativamente.

—Yo me preguntaba lo mismo. Sinceramente, lo dudo. Ahora ya tendría una edad sumamente avanzada.

De nuevo la pareja guardó silencio al seguir caminando. José se puso a darle vueltas en la mente una y otra vez a una pregunta. *Si ella estuviese viva y viese a este Niño, con relación al cual han ocurrido tantas cosas extrañas, ¿cuál sería la reacción de ella?*

—José, ¿hay alguna probabilidad en absoluto de que ella esté aun viva?

—No, María. Ninguna. Incluso cuando yo era todavía un niño de corta edad, ya parecía que cada día sería su último. Era más anciana que cualquier ser humano que yo haya visto jamás. Y eso era hace alrededor de quince años. Pero sí quisiera que ella pudiese estar viva.

EL NACIMIENTO

Aun mientras José pronunciaba estas palabras, el rostro de aquella anciana perseguía sus pensamientos. Recordaba su aguda y débil voz, el laberinto de arrugas en su rostro, y aquel oscuro lugar a donde ella siempre iba a orar. ¿Podría él hallar ese sitio otra vez? Tal vez luego, durante el día, podría encontrar a alguien en el templo que la recordara. Quizás alguien le podría decir qué le pasó finalmente a esa extraña anciana que oró por tantísimos años para que naciera el Mesías.

Si ella estuviese viva, pensó José, y si ella viese a este niño, y dijese algo especial acerca de él...¡yo nunca volvería a dudar de nada más por el resto de mi vida!

CAPITULO VEINTICUATRO

*L*a JOVEN PAREJA LLEGÓ CASI sin aliento al templo, tan solo para enterarse allí, de que tenían que esperar casi dos horas más para que comenzara el ritual de dedicación de todos los niños que habían nacido cuarenta días antes.

José encontró un sitio en el fresco de los atrios del templo para que María descansara con su niño. Pero él rehusó descansar para poder ir a comprar dos tórtolas o palominos, que luego se habrían de ofrecer en el altar durante el rito de purificación.

Antes de irse, José se inclinó y le susurró a María:

—Voy a ir ahora a cambiar algo de nuestro buen dinero galileo por dinero del templo, para comprar nuestra ofrenda. Volveré pronto. Mientras yo esté allí junto a la mesa de los cambistas, trataré de encontrar a alguien que pueda recordar a la anciana profetisa. He estado tratando de recordar su nombre. Me parece que era Hannah o Ana, o algo así.

Comprar las tórtolas le tomó más tiempo a José del que había previsto, pero, no obstante, decidió tomarse unos minutos para recorrer el templo. Apenas había comenzado a indagar acerca de la anciana profetisa, se encontró con su esposa y el niño. María estaba indagando también.

Andando juntos, la joven pareja recorrió el lugar de pórtico a pórtico, teniendo especial cuidado de mirar en los lugares oscuros. Estaban ya casi para terminar su búsqueda, cuando de momento José notó un oscuro rincón en particular detrás de uno de los pórticos.

—Ese es el lugar —dijo en voz baja, y los dos se aproximaron en forma reverente a esa área oscura.

—No hay nadie aquí, María. Lo siento. Simplemente ha pasado mucho tiempo. No es posible que ella pudiera vivir por un tiempo tan largo.

Volviendo a la claridad del día, María se sentó en la base de una columna y empezó a mecer suavemente a su hijo. Estaba sumamente cansada. Había un aire de melancolía en su rostro. Esa había sido una mañana larga y dura, y la temprana caminata matinal desde Belén estaba produciendo su efecto.

En breve ese tranquilo y solitario momento fue interrumpido al aproximarse un hombre de edad avanzada que venía bajando por el corredor. Era un anciano que ni María ni José recordaban haber visto nunca antes. Lo que sí resultaba muy evidente para los dos, era que él parecía conocerlos.

El anciano se presentó en forma muy sucinta diciendo que era Simeón. Su único interés estaba en el niño. Extendió las manos para tomarlo. Lo que captó la atención de José fueron los ojos del anciano, tan llenos de gozo y tan brillantes y claros para su edad. María no expresó ninguna renuencia al entregar a su hijo en brazos de ese desconocido.

La confianza de ellos se transformó en maravilla cuando Simeón levantó el rostro hacia el cielo y comenzó a hablar:

Soberano Señor,
ahora puedes despedir
a tu siervo en paz,
porque en cumplimiento de tu promesa

> *mis ojos han visto*
> *tu salvación,*
> *que tú has preparado*
> *para que todos los pueblos la vean,*
> *una luz que resplandecerá*
> *sobre los gentiles*
> *y para gloria*
> *de tu pueblo Israel.*

Los jóvenes padres quedaron maravillados al oír esas palabras mientras contemplaban al anciano, cuyos ojos resplandecían con la luz de otro ámbito. Simeón los bendijo y, sosteniendo aun al niño, le habló directamente a María:

—Este niño está destinado para levantamiento y para caída de muchos en Israel. El es una señal procedente de Dios, que revelará los pensamientos más profundos de muchos corazones. Y una espada traspasará tu mismísima alma.

Entonces Simeón devolvió suavemente el niño a su madre. Luego, tan aprisa como había venido, se volvió para irse.

Casi enseguida, sin tener siquiera un momento para reflexionar sobre lo que había ocurrido, el asombro de María y de José fue penetrado por el sonido de una voz aguda y casi infantil de una anciana cargada de años. José reconoció esa voz al instante.

—El bebé...ese bebé...¿de quién es ese bebé? —Súbitamente una mujer de edad muy avanzada apareció allí aparentemente de no se sabe de dónde—. ¡Este es *el* bebé! Sí, este es el niño por quien he esperado tanto...oh, tanto tiempo.

El anciano personaje se arrodilló al lado de María y con mucho cuidado abrió el cobertor que envolvía el rostro del niño.

—¡Hija mía! —dijo ella, mirando directamente el rostro de María—. ¿Sabes quién es éste? ¿Este bebé? ¡Es el Mesías!

Entonces la anciana levantó la vista y miró a José, con una mirada obviamente muy empañada por los años, y casi como lo haría una niña, habló otra vez:

—He venido aquí todos los días. Con frecuencia duermo aquí. Joven, ¿conoces a este bebé? ¿Sabes quién es él?

María empezó a temblar. Su respiración se alteró; eran jadeos cortos e irregulares. Obviamente estaba tratando de contener alguna profunda y traumática emoción, pero sus esfuerzos no lograban buenos resultados. Entonces la anciana levantó la mano y echó hacia atrás la cubierta de la cabeza de María.

—Pero, ¡tú eres sólo una jovencita!

Lágrimas de emoción corrían bajando por el rostro de María.

La anciana la miró a los ojos compasivamente y le dijo:

—Tú...tú eres virgen, ¿no es así?

Al escuchar eso, las emociones de María se soltaron impetuosamente de sus amarras. Con un movimiento súbito se abrazó a la profetisa y hundió el rostro junto al envejecido cuello de ella, sollozando inconteniblemente.

Las dudas y temores relativos a los acontecimientos de ese último año escogieron ese momento para salir a la superficie.

José nunca había visto a su María así. Esa muchacha fuerte e impávida que se había mantenido valerosamente firme a través de todos los acontecimientos de ese año, por último se derrumbaba. José se sentía abrumado con la melancolía de ella, pero increíblemente orgulloso de esa maravillosa joven a quien él llamaba su esposa. Al propio tiempo José esperaba tenso y con admiración lo que la anciana profetisa revelaría a continuación.

Entonces la anciana se tornó a José y le preguntó:

—Ella es virgen ¿no es verdad? Ella debe ser una virgen.

Antes de que José pudiera contestar, María levantó la cabeza y trató de hablar. Pero solamente haciendo un gran esfuerzo de voluntad podría ella componérselas para pronunciar una palabra siquiera. Era obvio que ella quería desesperadamente ser la que contestara esa pregunta, pero resultaba incierto si podría o no.

Sentada todavía en el borde de la base y recostada contra la columna, María se enderezó, se enjugó las lágrimas y trató una vez más de recuperar el control de sus emociones. Pero cada vez que hacía un esfuerzo por decir siquiera una palabra, quedaba de nuevo superada por el llanto.

—Yo...yo...—María parecía determinada a hacer alguna declaración, pero las lágrimas se negaban a menguar. Entonces, a pesar de los sollozos y del violento temblar de su cuerpo, María empezó una declaración destinada a todo el mundo, a los principados y potestades, a los tronos y dominaciones.

—¡Sí... yo... soy! ¡Sí, soy... virgen! ¡Lo soy! ¡Es cierto: soy virgen!

De nuevo María estalló en profundos y convulsivos sollozos, y volvió a reclinarse contra la columna. Un momento después prosiguió:

—Sí, lo soy. Pero, querida señora. ¡Oh, querida señora, en realidad nunca creí que alguien en este mundo entero pudiera saber esto con certeza! Pero ¿cómo lo supiste? Mi querida anciana, ¿cómo lo supiste?

—Porque Isaías dijo que sería de esta manera —contestó en forma suave y queda la anciana—. ¿Nunca has oído hablar de Isaías, querida?

Una vez más María perdió todo el control de sí misma. Pero esta vez sus sollozos fueron entreverados con gritos de gozo:

—Sí. Sí, —dijo—. He oído hablar de Isaías. Sé lo que dijo Isaías...

Y una vez más María se agitó violentamente por los incontenibles sollozos. Pero de nuevo hizo un esfuerzo para enderezarse y enjugar sus lágrimas.

—Querida señora —dijo María, tratando de mirar a los ojos de la anciana—. ¿Puedes imaginarte cuán difícil es... te das... cuenta... de cómo... es esto? —María escondió otra vez el rostro entre los brazos de la anciana.

Luego de un largo rato de llorar, interrumpido vez tras vez por esfuerzos de recuperar su compostura, María logró continuar:

—Nunca...pude creer...plenamente... —De nuevo María tuvo que parar. Parecía que de seguro su corazón reventaría al esforzarse ella por terminar:

—Nunca... estuve... realmente segura... de que Isaías estaba... —Finalmente, con la conclusión de su frase ya a la vista, María dio rienda suelta a una última catarata de lágrimas, y sus palabras se entreveraban entre boqueadas de aire:

—Nunca estuve segura... era tan difícil creer... que Isaías estaba hablando de.... ¡de *mí*!

La anciana sonrió al atraer a María a su seno, y allí le meció la cabeza con sus arrugadas manos.

Entonces José extendió un brazo, poniendo suavemente la mano sobre el hombro de María, y se arrodilló al lado de la anciana. Ahora ya el propio rostro de él era también un mar de lágrimas.

—Tu nombre es Ana, ¿no es así? —le preguntó José a la anciana—. Te vi muchas veces aquí cuando yo era niño. Mis amigos y yo veníamos con frecuencia de Belén en los días de fiesta para jugar en los terrenos del templo.

Escudriñando el rostro de José con sus cansados ojos, la anciana respondió alegremente:

—Y tú creciste para ser un excelente joven. —Entonces ella volvió los ojos nuevamente a la muchacha adolescente que seguía llorando quedamente en sus brazos.

—Tú creciste para ser un excelente joven. —Entonces ella volvió los ojos nuevamente a la muchacha adolescente que seguía llorando quedamente en sus brazos.

—Tú debes ser una muchacha muy extraordinaria —le dijo—. Y Dios te ha dado un excelente joven por esposo.

La joven pareja se abrazó uno al otro, y José se unió a María en un dúo de sollozos y lágrimas, ahora ya más de risa que de dolor.

Ana escudriñó una vez más el rostro del niño y susurró:

—El Hijo eterno. —Y le dijo varias palabras más en algún antiguo dialecto hebreo ya olvidado. Luego se inclinó hasta María y la basó. Entonces levantó una mano hacia José, quien ayudó solícitamente a la venerable anciana a ponerse en pie.

—Ahora voy a entrar en el templo —dijo ella con su voz de anciana pero aun infantil.

Lentamente, como en una cadencia, habló otra vez, haciendo una breve pausa después de cada palabra:

—Voy a decirles a todos lo que he visto. He venido aquí cada día por muchísimos años. He orado día y noche. Durante mucho tiempo he ayunado. He esperado por tantísimo tiempo.

Hizo una pausa, luego levantó el rostro hacia el cielo. La gloria de Dios reposó sobre su faz.

—Ya no tengo que venir más aquí —dijo en voz baja—. Voy a entrar en el templo a decirles a todos que ya no tengo que venir más aquí. Y cuando les haya dicho a todos que ya yo no tengo que venir más aquí, entonces me voy a ir a casa. Y allí me voy a ir a la cama, y Dios me va a enviar a sus ángeles para que me lleven a su seno.

La anciana profetisa empezó a descender por el corredor, y su voz fue apagándose hasta que se volvió tan solo un tenue eco. José y María se quedaron mirándola, hasta que Ana desapareció de la vista.

El sol de mediodía penetraba a través de una de las puertas del templo, rodeando con sus rayos a la joven pareja. José se volvió hacia María:

—Es hora de que dediquemos al niño.

José y María procedieron a cumplir el rito de la dedicación, llenos de asombro por sus dos encuentros. Después de la ofrenda de la purificación, José dijo:

—Vámonos ahora. Es un viaje largo hasta casa, y debemos empezar a regresar.
—¿No debiéramos pasar la noche aquí, en la ciudad —preguntó María— y esperar a viajar mañana? Has estado tan preocupado por mí. ¿Que dices del calor, de la distancia, de la posibilidad de encontrar salteadores al caer la tarde?
—Todo está bien —respondió José objetivamente—. Nuestro Señor va a cuidar de nosotros. De veras, de veras que va a cuidar de nosotros.

CAPITULO VEINTICINCO

Caspin efectuó su largo ascenso de medianoche desde la ciudad de Babilonia hasta la cima del monte Atar. Allí haría lo que había venido realizando fielmente durante tantísimos años: registrar la posición de las estrellas.

La orden de Caspin, o sea, la orden de los Magos, había edificado un muro de mármol en la cumbre de ese monte, y a todo lo largo de aquel muro habían instrumentos de medición, instalados allí para seguir el movimiento de los cuerpos celestes. A medida que Caspin avanzaba a lo largo del muro, alineaba cuidadosamente cada instrumento, tomaba mediciones y registraba en forma escrupulosa sus hallazgos.

Caspin estaba a punto de escribir algo en uno de los viejos libros, cuando de pronto le pareció que su visión periférica había captado una vislumbre de... de... ¿de qué? ¿Un cometa? ¿Una estrella fugaz?

Al instante alzó los ojos para echarle un vistazo a aquello. "Pero, ¿qué será *eso?*" pensó. Caspin nunca había visto nada como eso. Instintivamente volvió a poner varios de los instrumentos en otra posición, para alinearlos ahora con aquel extraño visitante celestial.

Aquello no es una estrella, —musitó Caspin para sí mismo—. *Tampoco es un cometa. ¿Y qué es entonces? No pertenece allí donde está. Y a menos que me esté volviendo loco, no parece que esté tan distante de mí.*

Durante esa larga noche, Caspin verificó sus instrumentos y escudriñó las anotaciones de vetustos libros. Por último, decidió hacer algo que nunca antes había hecho. Bajaría de regreso a la ciudad, despertaría a otros de los Magos y les revelaría sus hallazgos. Sólo que esperaba que aquella *cosa* allá afuera en el espacio no desapareciese.

En forma apresurada Caspin descendió por el angosto sendero, entró en la ciudad y prosiguió hasta la puerta de la casa de uno de sus leales amigos.

—Llámame loco, si quieres —dijo Caspin a Akard—, pero levántate y vístete. Todavía está allí. Míralo tú mismo. —Caspin empujó a su amigo hasta la ventana abierta—. Allí, directamente arriba, allí.

Akard se estregó los ojos, miró al cielo, miró otra vez al rostro de Caspin y, sin decir una palabra, empezó a vestirse.

—Ve, llama a Gazerim —murmuró entonces Akard—. Despierta a toda la orden, si es necesario.

Antes de una hora, más de la mitad de todos los miembros de la orden de los Magos se encontraba en la cumbre del monte Atar verificando instrumentos, haciendo anotaciones y consultándose febrilmente uno a otro acerca de lo que no estaban seguros.

Finalmente Caspin habló:

—No hay nada más que podamos hacer aquí esta noche. Mañana por la noche algunos de nosotros deberán congregarse aquí otra vez. Otros de nosotros deben ascender al monte más alto que puedan hallar al este, y aun otros deben subir a la cima de algún monte de occidente. En cuanto a mí, voy a partir inmediatamente hacia el sur.

—¿El *sur*? —exclamó Gazerim—. ¿Y para qué al sur? Sólo es necesario tomar mediciones desde tres lugares.

—Porque...—dijo Caspin como titubeando—, porque... no, no me atrevo a decirlo.

—Sí, lo vas a decir. Es tu deber hablar. Nunca antes ha habido un fenómeno como éste. Es nuestro deber jurado observar los cielos en busca de cualquier señal que los dioses puedan estar enviándonos.

Caspin levantó la vista hacia la nueva estrella resplandeciente. Solamente el suave pasar de sus dedos sobre uno de los viejos rollos de pergamino traicionaba la anhelosa incertidumbre que había en él. ¿Se atrevería a expresar lo que creía? Después de una larga pausa, dijo:

—Bueno, les voy a decir lo que pienso, pero deben prometer no llamarme ni loco ni tonto. Y deben prometerme que no me van a destituir de la orden de los Magos por lo que les voy a decir.

Los demás respondieron solemnemente con un juramento.

—Yo creo —dijo Caspin con firmeza—, que esa estrella no está muy lejos de nosotros. Flota en el cielo un poco más allá de nuestra ciudad. A medida que me traslade hacia el sur, estaré tomando mediciones. Creo que voy a poder llegar *más allá* de esta estrella. Si lo logro, podremos saber no sólo si la misma se está trasladando, sino también en qué dirección se mueve. Podremos calcular su velocidad después de observarla durante algunas noches. Con buena suerte, puede que lleguemos a saber la distancia real a que este fenómeno ígneo está de nosotros.

—¿Te propones viajar más allá del *otro lado* de una estrella? ¡Estás insano! —gritó uno de los Magos, pero de inmediato la severa mirada sonrojadora del resto de los miembros de su orden le hizo bajar la cabeza. Sin responder una palabra, Caspin empezó a descender de la montaña.

Una semana más tarde, la entera orden de los Magos fue convocada a reunirse (por no menos que el reverenciado Rab de los Magos) para escuchar un increíble comunicado de Caspin, que había regresado de su viaje.

—Hice un viaje de tres días completos hacia el sur. Al fin del tercer día, mi caballo me había llevado ya *más* allá de esa estrella. Entonces viré. La estrella estaba a la sazón al norte de mí. Su posición caía como a mitad del camino entre donde me encontraba y el extremo sur de la ciudad de Babilonia. Compañeros Magos, esa estrella, o lo que pueda ser se encuentra más o menos a mitad del camino entre el monte Atar y el desierto del sur.

—¿Estás seguro? —inquirió Gazerim.

—¡Más seguro de lo que estoy de la vida misma!

Entonces siguió una larga discusión. Se hicieron preguntas. Algunos expresaron incredulidad moviendo la cabeza de un lado al otro. El carácter irascible de otros se encendió. Luego, Caspin volvió a hablar:

—Nuestra tarea es triple: En primer lugar, debemos comparar los hallazgos nocturnos de ustedes con los que yo recopilé mientras estuve viajando. Debemos trazar la dirección de esa extraña estrella. Los dioses nos están diciendo algo. Sea lo que sea, no nos arriesguemos a un mal entendido.

—En segundo lugar, si de alguna manera es posible, tenemos que hacer algo que nadie ha hecho nunca antes. Debemos calcular e investigar hasta que descubramos cuándo en la historia antigua las estrellas estuvieron alineadas en el cielo exactamente como lo están ahora.

—¡No es posible hacer eso! —exclamó uno de los Magos.

—Es correcto lo que dices —replicó Gazerim con cierta aspereza—, no es posible hacer eso. Pero, como quiera que sea, es necesario que tratemos de hacerlo. Los dioses están observando.

—¿Y cuál es la tercera cosa? —preguntó Akard.

—Debemos escudriñar toda escritura antigua, todo libro, todo documento. Tenemos que hallar toda profecía que se haya hecho jamás, que pueda tener relación con lo que sea que estamos viendo ahora en el cielo.

—Hacer eso podría tomar meses, incluso años —protestó uno de los Magos.

Gazerim se puso en pie y dirigió la palabra a la orden:

—Compañeros Magos, aun cuando esto tome nuestra vida entera, debemos hacer exactamente lo que Caspin ha dicho. Este es el verdadero propósito de nuestra orden. Nunca ha habido un fenómeno como éste. Por lo tanto, podemos asumir que nunca ha habido un acontecimiento pronosticado por las estrellas que fuera tan importante como éste.

—¿Debemos llevarlo a votación? —preguntó Caspin.

—No, —respondió el Rab de los Magos—. Lo que Gazerim ha dicho, es verdad. Tenemos una sola tarea hasta que este enigma sea resuelto.

Caspin asintió con la cabeza y dijo:

—Entonces, pongamos manos a la obra.

CAPITULO VEINTISEIS

DURANTE SEMANAS ENTERAS los Magos escudriñaron largas columnas de cifras matemáticas, tratando de averiguar la última vez que las estrellas habían estado en esa posición. Otros más revisaban todos los antiguos libros que su propia orden guardaba, así como todas las bibliotecas de Babilonia y todos los textos sagrados que habían sido guardados en cuevas de las montañas a lo largo de los siglos. Por último, revisaron meticulosamente los registros del palacio real, en forma retrospectiva, hasta épocas tan remotas como los escritos de Darío y de Ciro.

Pasaban los meses mientras los Magos continuaban su febril investigación. Pero aun no se resolvía el enigma.

Entonces, un día Akard convocó una reunión. Una vez más la orden entera se congregó.

—No hemos podido discernir cuándo fue la última vez que las estrellas estuvieron en esta posición —dijo—. Pero algunos de nosotros creemos que fue hace aproximadamente unos mil años. Con todo, no podemos estar seguros de ello.

—Entre todas las antiguas escrituras, hemos hallado tal vez cinco profecías que, muy posiblemente, se refieren a esta estrella. De las mismas, ninguna ofrece una certidumbre total.

Pero ayer mismo visité a un rabino judío; él es uno de los líderes de los judíos que aún viven entre nosotros. Francamente, no me fue de mucha ayuda, pero el hombre recordó que hace mucho tiempo alguien, que pertenecía a nuestra propia orden, hizo una profecía. Esa fue una extraña profecía hecha en aquellos días en que los hebreos estaban cautivos entre nosotros. El rabí me aseguró que esa profecía fue registrada no sólo en nuestras escrituras, sino también en sus propios textos sagrados. Me sugirió que alguno de los eruditos de nuestra orden tratara de interpretar la misteriosa profecía. Yo no le habría prestado mucha atención a lo que el hombre me dijo, a no ser porque todos los cálculos que hemos hecho en lo que concierne a la trayectoria de esta estrella, nos indican que la misma está siguiendo lenta pero inexorablemente un rumbo que la llevará a pasar sobre la ciudad de Jerusalén.

—¿Y cuál es esa profecía? —preguntó Caspin.

—Tiene que ver con semanas de años, o algo de esa naturaleza; no estoy seguro. Puede ser hallada en los registros de los Magos hechos durante el período de la edad de oro de Babilonia. Asimismo ha sido registrada en uno de los propios libros de los hebreos escrito por un profeta llamado Daniel.

Durante las siguientes semanas los Magos examinaron minuciosamente cada palabra de la antigua profecía. Hubo un gran número de interpretaciones, pero una de ellas los turbó más que ninguna otra. Si esa interpretación resultaba ser correcta, eso quería decir que en ese momento mismo algún importante acontecimiento estaba teniendo lugar en Israel.

¿Entre los hebreos? —musitaron todos—. ¿Por qué no entre los babilonios?

—Realmente, no tenemos otra alternativa, ¿no es así? —declaró Akard—. Esa estrella se traslada inexorablemente hacia el oeste. En breve quedará ya fuera de nuestro nivel de visión. Si nuestros cálculos son correctos, la misma se mueve hacia la ciudad capital de Israel. Parecería que en este mismísimo año algún nuevo rey ha nacido, un rey que es descendiente de alguno de sus primeros reyes. Este rabino, con quien ahora hablo a menudo, me asegura que él tendrá que ser descendiente de un rey que ellos aman y veneran muchísimo. Su nombre era David.

¿La estrella de la casa de David? —se preguntó Caspin.

—Si estas cosas son ciertas —dijo el Rab de los Magos poniéndose en pie—, entonces tenemos que llegar a la conclusión de que ésta es la señal más importante que nos será dada en el curso de nuestra vida. La señal de un rey. De un gran rey. Quizás de un rey libertador, nacido en Jerusalén. Debemos enviar mensajeros a su soberano e inquirir acerca de un hijo. Y tenemos que rendirle homenaje al nuevo llegado, no sea que disgustemos a los dioses que nos han favorecido así con una señal.

—¿Y quiénes irán? —inquirió uno de los Magos.

—Caspin, sin duda alguna —respondió el Rab de los Magos—. Y Akard, que resolvió el enigma.

Todos asintieron en completo acuerdo. Luego vino otra voz:

—Y Gazerim, que ha sido tan obstinado. —Ahora todos rieron en aprobación.

—¿Y qué será lo que le llevaremos como presente? —preguntó Gazerim.

—Le llevaremos oro —dijo Caspin. Todos aplaudieron esa moción—. ¡Y también incienso! —gritó otro de ellos. Una vez más la selección agradó a los Magos. Ahora el más anciano de la orden se levantó y dijo solemnemente:

—Y tal vez debemos enviarle mirra.

Hubo un largo silencio. Luego, uno tras otro los Magos asintieron conviniendo en ello. Finalmente, Caspin se levantó y dijo en forma conclusiva:

—Que así sea. Partiremos mañana al amanecer. Esa estrella se está alejando mucho de nuestra vista.

CAPITULO VEINTISIETE

CAUTELOSAMENTE MARÍA entreabrió la puerta, pero nada más que lo suficiente como para poder ver mejor a los hombres que estaban delante de la misma.

—¿Quieren esperar un momento? —les dijo María, y cerró la puerta empujándola hasta que trancó firmemente. Entonces le pasó el pestillo, dio la vuelta y corrió hasta la parte de atrás de la casa, salió por la puerta del fondo y corrió callejuela abajo hasta el cercano taller de carpintería donde José estaba trabajando.

—¡José, ven conmigo enseguida!

—¿Qué pasa?

—No preguntes nada; simplemente ven. De todas maneras no me creerías —dijo ella empujándolo afuera por la puerta—. ¡Es que yo misma no lo creo, y yo lo he visto!

Los dos juntos corrieron de regreso callejuela arriba, entraron por atrás a su pequeña casa y corrieron hasta la puerta del frente.

María entreabrió una vez más la puerta. Allí, delante de la misma se hallaban tres hombres de elevada estatura y tez bronceada. Ni ella ni José habían visto nunca a personas de apariencia tan extraña.

—Mi nombre es Caspin —dijo el forastero más alto.

—Sí, lo sé. Ya me dijiste eso —respondió María—. ¿Eres un astrólogo?

—Bueno... —empezó Caspin.

—¿Eres babilonio? —prosiguió María.

—Sí, hemos venido de Babilonia.

Entonces María le echó una cautelosa mirada al elevado forastero y le dijo:

—Eres astrólogo y eres babilonio. ¿Y quieres ver a *mi* bebé? Entonces Akard se acercó a la puerta y dijo:

—Señora.

—¿Quién eres? —inquirió María.

—Mi nombre es Akard.

—¿Y para qué querría un astrólogo babilonio ver a mi bebé? —preguntó María en forma conminante.

—Es debido a la estrella... que nos apareció sobre Babilonia. La estrella de... creemos que sea la estrella de David, el antiguo y venerable rey de ustedes.

—¿Una estrella? —dijo María—. ¿Ustedes, astrólogos de Babilonia, han visto una estrella? ¿No saben ustedes que nuestra religión nos prohibe tener nada que ver con los astrólogos?

Entonces, fue Gazerim quien se adelantó y dijo:

—Querida señora, no somos exactamente astrólogos. Somos una antigua orden que asesora a nuestros reyes. Mayormente interpretamos sueños.

—¿Ustedes tienen sueños, así como estrellas? —inquirió María manteniendo aun casi cerrada la puerta.

Gazerim se aclaró la garganta y contestó:

—No, querida señora. No tenemos sueños. Interpretamos los sueños a nuestros reyes para que ellos puedan entender qué es lo que los dioses... este... qué es lo que Dios les está diciendo. Fue uno de esos sueños lo que liberó al pueblo de ustedes de su cautividad babilónica.

—¿Oh, sí? —exclamó María abriendo un poco más la puerta.

Gazerim prosiguió:

—Nosotros estudiamos las estrellas para ver si hay señales en el cielo. De hecho, desde hace ya siglos no ha habido ninguna señal verdaderamente importante en el cielo.

Ahora Akard habló otra vez:

—Aun los profetas de ustedes hablan de señales en el cielo, tú lo sabes.

María abrió otro poquito más la puerta.

Entonces Gazerim se adelantó un paso.

—Hace algunos meses —dijo—, apareció una estrella sobre nuestra ciudad. Calculamos el rumbo de su trayectoria. Se estaba trasladando hacia Jerusalén, o así nos pareció. Por consiguiente, hemos viajado desde nuestro país al de ustedes y llegamos a Jerusalén precisamente ayer. Anoche la estrella apareció de nuevo sobre Belén, la población de ustedes....

Entonces Caspin lo interrumpió:

—donde nació aquel antiguo y amado rey de ustedes. David, el gran rey. El rey bueno. El nació aquí. ¿Sabes esto, verdad?

—Sí —respondió María.

Y ¿eres tú una de sus descendientes?

—Sí, lo soy —dijo María, al tiempo que abría más la puerta—. Y mi esposo también. Los dos venimos del linaje directo e ininterrumpido del rey David.

Con un viso de emoción en su voz, Caspin preguntó:

—¿Y tú has dado a luz un niño? ¿Un varoncito?

María se quedó mirando por un largo rato a los tres hombres.

—¿Y por qué quieren saberlo? —inquirió.

—Porque los cielos indican que un gran rey, tal vez el más grande de todos los reyes, ha nacido aquí, en Belén.

José empezó a mover la cabeza y a murmurar como para sí mismo: Aun una vez más... lo increíble. ¡Y esta vez con astrólogos babilonios, paganos, gentiles!

—Sí, tengo un hijo —comenzó María lentamente—. Me nació rodeado de las circunstancias más excepcionales. Apareció un ángel y... y... y hubo otras cosas que rodearon su nacimiento, que fueron todavía más asombrosas. Como los pastores que vinieron la noche que él nació. Hablaban de haber visto una gran hueste de ángeles que estaban parados en el campo, justo allí en las afueras de nuestra población.

—Y luego, un anciano llamado Simeón que estaba en el templo de Jerusalén, y una anciana de edad muy avanzada que se llamaba Ana; había pasado su vida entera esperando al Mesías.

—¡El Mesías! —gritó Caspin, faltando poco para que se le cayera algo que traía entre los brazos—. ¡Qué nunca se me haya ocurrido! ¡El Mesías!

Al oír esto, Gazerim cayó de rodillas, y asimismo Akard.

—Te imploramos, amable señora, déjanos ver este niño. Déjanos adorarlo y honrarlo. Hemos traído regalos para él.

—Pero ¿ustedes no son gentiles? —preguntó María, y miró a José. Su rostro reflejaba perplejidad. José se encogió de hombres, respiró profundamente, rió y dijo:

—¿Y, por qué no? Aun un astrólogo pagano, gentil, de babilonia tiene ciertos derechos, supongo. Si a nuestro Dios le ha parecido apropiado darles a conocer estas cosas maravillosas a estos hombres, ¿quiénes somos nosotros para objetar lo que a él le ha placido hacer?

María escudriñó una vez más atentamente a los tres hombres.

—Ustedes no le harán daño a mi bebé ¿no es así?

—¡Qué los dioses no lo permitan! —respondió Akard alarmado. María vaciló un momento más, luego les hizo señas a los tres Magos para que entrasen.

Está en la cocina donde yo estaba preparando la comida. Su nombre es Jesús. Su nombre significa: "Dios salvará a su pueblo.

Reverentemente los tres hombres se aproximaron al niño. Al hacerlo, Akard se volvió a Gazerim con admiración perpleja:

—¡El Mesías está en la cocina! —dijo en voz baja.

Gazerim sonrió y movió la cabeza de un lado a otro.

María no oyó sus palabras, pero los propios pensamientos de ella eran similares. *¡Qué extraño!...* —musitó—. *Estos tres paganos han viajado centenares de millas, sólo para terminar su búsqueda y su viaje en mi cocina.*

José, por su parte, tenía sus propios pensamientos. *Unos magos astrólogos, incircuncisos e idólatras. paganos, babilonios, gentiles, vienen a adorar a nuestro pequeño hijo. ¡Qué clase de niño debe de ser éste!*

CAPITULO VEINTIOCHO

*L*A JOVEN PAREJA ACOMPAÑO a los tres Magos hasta el establo donde ellos habían dejado antes sus camellos.

—¿Ustedes están seguros de que está bien que nos quedemos con el oro, y la mirra, y el incienso? —preguntó María con incredulidad.

—Son pequeños presentes para un rey tan grande —le aseguró Caspin.

—Bueno, ustedes pudieran quedarse esta noche —les dijo José—. Hay una posada aquí en nuestra población. Y no está llena. De hecho —añadió con una sonrisita—, no recuerdo que haya estado llena por más de un año.

—No —respondió Gazerim montando en su camello—. Tenemos que regresar a Jerusalén con esta importante nueva. Están esperándonos para escuchar la noticia.

—¿Qué quieres decir con eso? —le preguntó María.

—Hemos prometió regresar allá para informar a los sabios de la religión de ustedes, aquellos que nos hablaron de la profecía acerca de que el gran rey nacería aquí, en esta ciudad.

—A más de eso —añadió Akard—, ayer tuvimos el privilegio de conocer personalmente al actual rey de ustedes. Se mostró muy complacido por enterarse de que pudiera nacer alguien de igual grandeza que la de él. Nos pidió que regresáramos a él para decirle si hemos logrado hallar al niño que ha nacido bajo la estrella de David.

José alzó la vista y miró directamente al rostro de Akard.

—¿Ustedes conocieron a Herodes el Grande? ¿Y ahora él sabe del nacimiento de nuestro Hijo?

—Sí —dijo Akard—. Lo conocimos personalmente en su propio palacio. Fue muy afectuoso y hospitalario. Y se emocionó mucho por la noticia.

Al oír eso, el rostro de María se puso ceniciento. Entonces José habló, con palabras directas y firmes:

—Antes que regresen allá a Jerusalén para hablar con el rey y con nuestros dirigentes, ¿querrían ustedes pedirle sabiduría a nuestro Dios? Puede ser que nuestro Señor quiera mantener en secreto por un poco más de tiempo el nacimiento de este niño.

Los tres hombres se intercambiaron miradas significativas e hicieron señas de asentimiento con la cabeza. Entonces, antes de montar en su camello, Caspin se acercó a María y estampó un beso en la frente del muchachito que ella tenía en sus brazos. Luego añadió una bendición en su lengua nativa.

Al irse alejando los tres Magos, montados en sus camellos, José se preguntó en alta voz:

—¿Qué significa esto?

María se cruzó los brazos como si se protegiese de un frío repentino.

—¿Puede significar que... —dijo. Pero su pensamiento quedó inconcluso.

Fue José quien lo completó, expresando lo que ambos estaban pensando:

—...que los gentiles vendrán a adorarlo tanto como su propio pueblo?

EL NACIMIENTO

Caminaron silenciosamente el breve trayecto de regreso a su pequeño hogar. Al llegar a la puerta, María reveló sus angustiosos pensamientos:

—Herodes...lo sabe. Esto no es *nada* bueno.

—Nada bueno en absoluto —convino José.

—José, por favor, ¿qué vamos a hacer? Me siento muy intranquila. En realidad, estoy preocupada. Ese malvado hombre allá en Jerusalén es la criatura más perversa que haya vivido jamás. Sus deseos no son nada buenos con respecto a nuestro hijo.

José puso el brazo alrededor de María y la condujo adentro de la casa. Bien entrada la noche, la joven pareja seguía compartiendo sus pensamientos acerca de lo que pudieran hacer, pero no pudiendo llegar a ninguna conclusión, finalmente se quedaron dormidos. Un poco después, la Puerta procedente del otros ámbito se abrió en la pequeña alcoba en que la joven pareja y su hijito dormían acostados.

Gabriel se arrodilló al lado de José, y se quedó mirando fijamente el rostro del joven carpintero. Entonces José se volvió al otro lado, inquietamente. Gabriel no se movió en lo absoluto. Antes bien, continuó su inmóvil vigilia. Por último, el arcángel tocó la frente de José. Entonces, poniéndose en pie, volvió a su ámbito pasando por la Puerta.

José se despertó con un sobresalto.

—María —gritó—. Un sueño. ¡He tenido otro sueño! Debemos irnos de aquí inmediatamente. Es algo aterrador. Una perversidad monstruosa. Herodes buscará la vida de nuestro hijo. Sé que el sueño es verdadero. Ha sido el mismo ángel que me apareció anteriormente. ¡Lo vi!

Entonces se incorporó y se volvió hacia María.

—Sé que no te va a gustar esto —le dijo—, pero yo no me atrevo a desobedecer. El ángel me dijo que tenemos que sacar de Judea al niño.

—¡Oh, José, ¿otra mudada? Por favor, José, no a Nazaret.

—María, te dije que no te iba a gustar esto. ¡Tenemos que irnos a *Egipto!*

—¡Egipto! —gritó María—. ¡No, nunca! ¡La gente adora insectos en Egipto!

—María, no vamos a desobedecer ahora al propio ángel que te apareció a ti y que también tiene esta extraña costumbre de aparecerse en mis sueños. Vamos a ir a Egipto. Tenemos que ir. En el sueño escuché la lamentación de miles de madres. Y percibí la muerte de muchos niñitos de toda esta comarca.

Entonces María también se incorporó y dijo:

—El oro. Esto es por lo que Dios nos mandó el oro. Yo sabía que no se suponía que fuésemos ricos. Tendremos que usar el oro para huir a Egipto.

María echó a un lado el cobertor, al tiempo que hablaba una serie ininterrumpida de palabras:

—Tenemos que irnos inmediatamente. Esta misma noche. José, ve y despierta a ese amigo tuyo, el dueño del establo. Tú sabes, a ese Azzán. Compra un camello. Usaremos el camello para llevar nuestras pertenencias, y alimentos, y agua. Y compra otro asno. Un asno joven, fuerte. Ese viejo penco tuyo de orejas colgantes nunca llegaría a Egipto.

—¿Y qué diremos de todos esos insectos? —replicó José bonachonamente.

—José —respondió María pensativamente, ignorando su observación—, hay algo más que debemos hacer. La ira de Satanás se ha encendido contra nuestro hijo, y el Señor nos ha librado. Pero hay dos niños implicados aquí. Juan se halla tan en peligro como Jesús. Debemos ir a donde están Elisabet y Zacarías, para advertirles del peligro que afronta su hijo. *Tienen que ir* con nosotros a Egipto.

—No, María, me opongo a eso. No tenemos tiempo. Cada minuto pone a nuestro Hijo en mayor peligro. Les enviaré a Zacarías y a Elisabet algo de nuestro oro. Se los enviaré por medio de uno de mis parientes de confianza, junto con una carta. Ellos tres pueden huir, tal vez, al desierto. Allí podrán ocultarse entre los Esenios o entre algunos de los nómadas. Las fuerzas de Herodes nunca podrán cubrir todo el territorio desértico del sur. Eso es todo lo que osaremos hacer. Debemos creer que el Señor cuidará de Juan, así como está cuidando de nuestro Hijo.

Esa noche la joven pareja compró un camello, al que llamaron jocosamente: Faraón, así como el asno más grande y más robusto que habían visto jamás, llamado Bashán. Al amanecer José y María tomaron al niño Jesús e iniciaron su huida a través del desierto del Sinaí, para entrar en la tierra donde, en efecto, la gente adoraba insectos.

Sería de Egipto de donde el niño Jesús habría de tener sus más tempranos recuerdos. Tampoco olvidaría que entre las primeras cosas que aprendiera jamás, estaría que él era un fugitivo y un peregrino sobre este globo terráqueo.

CAPITULO VEINTINUEVE

PASO EL TIEMPO Y SALIERON DE Egipto, habiendo oído de la muerte de Herodes y habiendo asimismo recibido seguridad en un sueño, en cuanto a que ya no había peligro para traer de regreso a su Hijo a la tierra de Israel. No obstante, el viaje de regreso a través del desierto fue tan penoso como había sido el de ida. Por las noches dormían bajo las estrellas, en tanto que de día su jornada se limitaba tan solo a las estrellas, en tanto que de día su jornada se limitaba tan solo a las horas tempranas de la mañana y a las de la caída de la tarde. La mayor parte del día la pasaban al abrigo de la sombra de alguna peña, para evitar los ardientes rayos del sol que ampollaban.

Después de semanas de ese penoso viaje, María, el niño Jesús y José tuvieron su primera vislumbre de la fértiles colinas de Judea.

María le hablaba con gran vehemencia a su Hijo de cada detalle que podía recordar concerniente a su patria, a su primo Juan (a quien ella esperaba que su Hijo conocería en breve), y a sus otros parientes. María aun abrigaba en su corazón la esperanza de que criaría a Jesús en Belén. Sin duda alguna, ahora, con el perverso Herodes muerto, podrían establecerse en Judea.

Cuando llegaron a una posada, ya dentro de las fronteras de Israel, la agotada familia disfrutó, después de más de dos años, de su primera noche de descanso en tierra de su propio pueblo.

El posadero les contó con todo detalle el asesinato en masa de todos los niños varones, en Belén y sus alrededores, que Herodes ordenó. La nueva de la muerte de Herodes llenó a la nación entera de alivio y de gozo. Pero cuando José y María oyeron que Arquelao, un hijo de Herodes, reinaba sobre Judea, una vez más se llenaron de ansiedad. Y otra vez se quedaron hablando, ya bien entrada la noche.

María aun abrigaba alguna vaga esperanza de poder regresar a Belén. José insistía en ir a Galilea, pero María se resistía.

—Si vamos a Galilea —respondió—, tengo una súplica: que no vayamos a vivir a Nazaret.

—María, yo tenía un negocio prometedor en Nazaret hace apenas tres años. Renuncié a ese negocio, cerré el taller y comencé de nuevo en Belén, para que nuestro hijo pudiera criarse en la ciudad de David. Luego tuvimos que renunciar a eso para irnos a Egipto. Durante los casi dos años que vivimos allí, apenas pudimos conocer a alguien con quien pudiésemos siquiera conversar. Ahora ese oro que teníamos casi se nos ha acabado. Tenemos sólo el dinero suficiente para empezar de nuevo.

—Pero, José —interrumpió María—, ¿por qué tenemos que empezar de nuevo allí de donde partimos? ¿Por qué en Nazaret?

José continuó explicando:

—En Judea gobierna un hombre que tiene la sangre de Herodes corriéndole por las venas. Pero Galilea está libre de esa oscura sombra. Puedo abrir de nuevo mi taller en Nazaret el día mismo que lleguemos allá. En breve tendré un buen negocio funcionando.

Y más adelante, cuando nuestro Hijo sea un poco mayor, me podrá ayudar. Además...

—José —dijo María interrumpiéndolo otra vez—. ¿No conoces aquel viejo dicho que reza: "De Nazaret puede salir algo bueno?" Apenas puedo soportar la sola idea de tener que criar a nuestro precioso Hijo en una población tan deshonrosa. La mayor parte de los habitantes de Nazaret son gentiles. Los romanos tienen una guarnición estacionada allí. Las calles son tan sucias. La gente es pobre. Y sobre todo, hay algo de vil en ese lugar.

—María, ¿quieres arriesgarte a criar a Jesús en Belén?

—No; su vida puede correr riesgos allí. No, no me atrevo. No, después de lo que Herodes les hizo a los niños de Judea. Me horroriza siquiera pensar que un pariente de ese Herodes gobierna desde el trono de él. Yo sólo he pedido que si nos mudamos a Galilea, no vayamos a vivir en Nazaret.

—Tenemos hasta mañana para decidir —respondió José, no deseando tomar la decisión final sobre un asunto acerca del cual los dos tenían opiniones tan diferentes—. Mañana tendremos que tomar el camino que lleva a Judea o el camino que lleva a Galilea. Tal vez por la mañana los dos veamos más claramente en qué dirección debemos ir.

Poco después de quedarse dormida la joven pareja, Gabriel se deslizó por la Puerta, para la que habría de ser su última visita, tanto a María como a José. En breve el niño llegaría a estar vivamente consciente de que su Padre vivía en él. Cuando él llegase a conocer perfectamente a su Padre que moraba dentro de él, ya no habría más necesidad de efectuar visitas angelicales. Por sí mismo, él percibiría el ámbito invisible. El Padre y el Hijo tendrían comunión el uno con el otro, Espíritu a espíritu.

Enseguida Gabriel se adelantó y se arrodilló delante de José y le habló por última vez:

—No debes entrar en Judea. El niño está aún en peligro. Ve. Regresa a Galilea, a Nazaret, y haz tu hogar allí.

Entonces Gabriel se puso en pie, mirando fijamente y por un largo rato al carpintero, a su esposa y al increíble muchachito que dormía al lado de ellos. Este visitante celestial sabía que en un futuro no lejano toda su pleitesía sería enteramente a ese niño, ese Hijo del Dios viviente, que llevaba el nombre terrenal de Jesús.

Por último, Gabriel empezó a moverse hacia la Puerta. Poco justamente antes de pasar por la misma, regresó y se arrodilló delante de su soberano Señor.

CAPITULO TREINTA

Y QUE PUEDO DECIR YO —dijo María—. El ángel que te apareció primero en un sueño, salvó nuestro matrimonio. Después ese mismo ángel te apareció en otro sueño y le salvó la vida a nuestro Hijo de una destrucción segura. Ahora ese mismísimo ángel nos ha hablado una vez más. Tenemos que ir a Galilea. Ahora bien, no te puedo decir que considero esto una buena nueva. José, ¿estás del todo seguro de que debemos volver a Nazaret, esa vil y miserable población?

—Sí, María, estoy seguro de ello.

José tomó a su esposa entre sus brazos y la levantó, poniéndola sobre el fuerte y robusto asno. Después se inclinó y alzó al niño y lo equilibró sobre su fuerte brazo derecho.

El posadero salió a la luz del sol y le preguntó a la joven pareja si habían decidido ir a Judea.

—No —respondió José—, iremos a Galilea. Y diciendo eso, empezó a conducir pausadamente al asno camino abajo.

—¿Y dónde van a vivir ustedes en Galilea? —preguntó el posadero gritando cuando ellos ya se alejaban.

—En Nazaret —gritó su respuesta José.

El posadero se llevó las manos a la boca formando una bocina y les gritó:

—¿De Nazaret puede salir algo bueno?

Entonces María volvió la cabeza bruscamente y gritó con una voz bien alta y clara:

—Sí; hay algo *maravilloso* que saldrá de Nazaret: ¡mi Hijo!

EPILOGO

AL APROXIMARSE A LA PUERTA, Miguel envainó su espada. Enseguida los querubines retrocedieron; sus espadas encendidas, que se revolvían, perdieron velocidad y se detuvieron. Entonces la Puerta que separa los dos ámbitos se abrió. Y una vez más Miguel entró de regreso a su propio dominio.

Inmediatamente el arcángel se trasladó a ese lugar donde sabía que Registrador estaría.

—Hay dos jovencitos increíbles allá abajo en el planeta favorecido. Nunca ha habido nada como ellos en toda la historia.

—Es correcto lo que me dices —respondió Registrador solemnemente—. Y cuando hayan crecido, el mundo entero oirá hablar de ellos.

Miguel sonrió al decir:

—¡Apenas puedo esperar!